바깥은 준비됐어

바깥은 준비됐어

이재문
정 은
김선영
김해원
이희영

사계절문학상 20주년 기념 앤솔러지

사□계절

절대적이고 상대적인
다양한 정체성에 대해

1997년 '사계절1318문고' 시리즈를 만들고 2002년 '사계절문
학상' 공모로 청소년문학 작가들을 적극 발굴하며 청소년문학을
본격적으로 알린 사계절출판사가 2022년 사계절문학상 20주년
을 맞았습니다. 이를 기념하기 위해 청소년문학 공모 수상 작가
들과 함께 앤솔러지를 꾸려 보았습니다.
　코로나19는 '절대적이라 믿었던 것들에 대한 배신'이라고 할
정도로 우리 일상에 엄청난 충격과 파장을 가져왔습니다. 절대
문 닫을 일 없을 줄 알았던 학교가 문을 닫고, 무조건 가야 하는
거라 믿었던 대학의 존재 의미를 의심하게 되었습니다. 그럼에
도 딱히 다른 길을 찾지 못해 여전히 같은 궤도를 맴돌고 있기도
합니다. 자연은 더 이상 우리에게 호의적이지 않아 온갖 재난과
환경 위기에 직면했습니다. 아이들은 학대 속에 방치되고, 청소

4

년과 청년들은 죽음의 위협에 무방비로 노출되어 있는데도 계속 생명이 태어나길 바라는 사회. 어찌 보면 세상은 종말을 향해 가고 있는지도 모릅니다.

절대 바뀌지 않을 것 같았던 것들이 조금씩 나은 방향으로 변화하기도 합니다. 다양한 형태의 가정을 인정하려는 태도, 어떤 틀에 얽매이지 않고 기꺼이 연대하려는 움직임, 성인지감수성에 예민해지려는 노력, 마이너리티에 대한 관심과 존중, 지구라는 행성에 살아가는 한 종으로서 겸손해지려는 마음……. 이 모든 것이 조금씩 팽창해 우리 안에 조심스레 뿌리를 내리고 있습니다.

청소년이라면 이런 세상 종말 같은 분위기에서도, 좀 더 날카롭게 칼을 벼려야 하는 때에도 나는 누구, 여긴 어디? 이런 말을 하고 싶지 않을까요? 기성세대가 벌여 놓은 일들을 수습하느라 청춘을 다 보내기엔 너무 억울하다며 뛰쳐나오고 싶진 않을까요? 이것도 저것도 아니고, 여기에도 저기에도 속하지 않는 '나'는 어떤 청소년일까요? 그렇게 찾아낸 지금의 '나'는 내일의 '나'와 같을까요? 꼭 그래야 할까요?

청소년들이 나와 세계를 어떻게 규정하면 좋을지 고민해 보았으면 합니다. 여기 실린 작품들이 우리가 절대적이라 믿었던 가치들에 미세한 균열을 일으키거나 대전환을 가져와 결국, 내가 무엇이 될지 궁금해서라도 좀 더 살아 보고 싶어진다면 좋겠습니다.

사계절출판사 편집부

차례

기획의 말 ● 4

파티를 수락하시겠습니까? 이재문 ● 9

백 투 더 퓨처 정은 ● 45

바깥은 준비됐어 김선영 ● 71

주먹 쥐고 일어서 김해원 ● 103

옥상 정원 이희영 ● 133

파티를 수락하시겠습니까?

이재문

1

레아가 사라졌다.

평화를 사랑한다던 아이였다. 길다면 길고 짧다면 짧은 선우의 열여섯 인생에서 레아가 차지하는 위상은 단연코 절대적이었다. 그 애와 함께했던 퓨처로드에서의 한 달은 우울했던 지난 시절을 단숨에 보상해 주었다. 반짝이는 감정들이 레아의 맑은 미소 속에, 상냥한 말투 속에, 사뿐히 내딛는 걸음과 돌아보는 눈길 속에, 그 애의 모든 행동 속에 깃들어 있었다. 소중한 보물을 주운 아이처럼, 선우는 레아를 그저 바라보는 것으로도 감사했다.

그 모든 것이 한순간 송두리째 사라져 버린 것이다.

2

김태진 부장은 회사로 향하는 호버카 뒷좌석에 앉아 홀로
그램 페이퍼를 허공에 띄웠다. 오늘은 그가 진행 중인 프로젝
트에 투자하겠다는 중국의 대형 IT회사 관계자를 만날 예정이
었다. 그는 며칠 밤을 새워 준비한 브리핑 자료를 다시 한번
점검하려 했다. 그러나 아침부터 아들과 실랑이를 벌인 탓에
신경이 곤두선 나머지 자료가 눈에 들어오지 않았다.

또 무슨 심경의 변화가 생긴 건지, 아들은 좀비 같은 얼굴
을 한 채 식음을 전폐하고 퓨처로드에만 접속하고 있었다. 요
근래 표정이 밝다 했는데, 도대체 속을 알 수가 없었다. 무슨
일이 있느냐고 물어도 아들은 대답하지 않았다. 투자자 미팅
건으로 예민해진 탓일까. 그는 아들에게 쓴소리를 하고 말았
다. 제발 정신 좀 차리라고, 언제까지 쓰레기 같은 게임에 빠
져 살 거냐고. 그래 봤자 아들은 듣는 둥 마는 둥이었지만.

빌어먹을 퓨처로드만 아니었다면 아들이 저렇게까지 폐인
이 되진 않았을 텐데. 창밖으로 보이는 누런 하늘 위로 퓨처
로드 홀로그램 광고 영상이 떠 있었다. 그걸 보고 있자니 속
이 뒤집히는 느낌이었다. 그는 차창을 불투명으로 전환시켜
버렸다.

퓨처로드는 세계적인 게임개발회사 E&U(Earth & Universe)
가 십 년 전 세상에 선보인 완전몰입형 메타버스 게임이다.
E&U는 십수 년간 가상현실 게임만을 개발한 노하우를 바탕

으로 독보적인 메타버스 세계를 탄생시켰다. 퓨처로드는 게임을 넘어선 또 다른 현실, 사람들이 먹고 자며, 모이고 즐기는 '리얼' 가상현실이었다. 천문학적인 개발비가 투입됐다는 둥, 유수의 전문 인력들이 총동원됐다는 둥, 출시 전부터 온갖 소문을 불러일으켰고, 그 명성에 걸맞게 전 세계인의 눈과 귀, 아니, 오감을 사로잡았다.

E&U는 수백만 원을 호가한다 해도 믿어 의심치 않을 전용 게임 캡슐을 수십만 원 가격에 내놓았다. 때마침 불어닥친 옐로 이어(Yellow Year, YY) 때문에 캡슐은 불티나게 팔려 나갔다. 인체에 치명적인 누런 먼지로 인해 바깥 활동에 제약이 생긴 상황에서, 사람들은 퓨처로드에 몰려들었다.

약 일 년간의 YY가 물러나고, 다시금 푸른 하늘을 볼 수 있었지만 그렇다고 퓨처로드의 인기가 식은 것은 아니었다. 퓨처로드의 매력에 빠진 사람들은 더 많은 여가 시간을 메타버스에 할애했다. 어차피 YY는 또다시 찾아올 테니까. 어차피 하늘은 또다시 누렇게 물들 테니까. YY의 주기가 짧아져 처음에는 삼 년에 한 번 나타나던 현상이 이제는 격년으로 나타나지 않던가.

YY 기간에는 등교도 쉽지 않았다. 방독면을 뒤집어쓰고 생활하는 게 어디 쉬운 일인가. 물론 학교에는 공기 정화 시스템이 갖추어져 있지만, 현실 공간보다 메타버스 세계에서 할 수 있는 일이 더 많았다. 아이러니하게도 퓨처로드에서는 '야

외 활동'을 할 수 있으니까. 삼삼오오 돌아다니며 놀이기구도 탈 수 있고, 다 같이 유명 아이돌의 콘서트에도 참석할 수 있었다. 때문에 자녀를 둔 학부모는 울며 겨자 먹기로 퓨처로드 전용 캡슐을 사 줄 수밖에 없었다. 그도 처음에는 어쩔 수 없이 캡슐을 구입했다.

글로벌 제약회사에서 일하는 그는 입지전적인 인물이다. 불우한 가정 환경에서도 타고난 머리 덕분에 공부를 잘할 수 있었다. 전액 장학금을 받고 일류 대학을 졸업하여 지금의 회사에 들어갔다. 남부럽지 않게 잘 살고 싶었던 그는 근면성실하게 일하면서도, 탁월함을 발휘하여 회사에서 입지를 다져 나갔다. 그러던 중 아내를 만나 결혼에 성공, 금쪽같은 아들을 가진 것이다.

하지만 가정은 파탄에 이르렀다. 아내는 일에만 매몰되어 사는 남자와 더는 결혼 생활을 이어 갈 수 없다며 떠나 버렸다. 분노에 찬 그는 양육권을 내놓지 않았고, 결국은 아들을 자신이 키운다는 조건하에 이혼에 합의해 주었다. 차라리 그때 아들을 아내에게 보내는 편이 나았을까. 그는 의욕 없는 아들이 탐탁지 않았다. 어릴 때부터 그랬다. 딱히 무언가를 끈기 있게 해낸 적이 없었다. 공부며 운동이며 미술, 음악도 조금 해 보다 안 된다 싶으면 쉽게 포기했다.

실없이 웃기만 하는 아들을 도저히 이해할 수 없었다. 이선생, 저 선생 붙여 어떻게든 의욕을 북돋워 보려 했건만, 아

14

들은 더욱 무기력해졌다. 도대체 왜? 자신은 아들의 성공을 위해 물심양면으로 힘쓰고 있는데, 왜 이런 마음을 몰라주는 걸까. 그는 아들이 원망스러웠고, 그럴수록 더욱 일에 집중해 자신을 갈고 닦았다.

이제 그는 회사의 미래를 담당할 극비 프로젝트의 책임자가 되었다. 사람들을 메타버스 세계에서 다시금 현실로 돌아오게 할 프로젝트. 이름하여 '부활' 프로젝트라 불리는 이 사업은 미세먼지를 제거하는 나노 로봇을 인체에 주입하는 것이다. 개발에 성공하면 방독면 없이 미세먼지 속을 자유롭게 누빌 수 있게 된다. 비록 누런 하늘이 머리 위를 덮고 있겠지만 그 또한 낭만적이지 않은가. 우리가 발 디딘 이 지구는 빌어먹을 퓨처로드 세계에 비할 바가 아니었다. 사람들이 가상현실에 중독되어 작은 캡슐에 죽은 듯 누워 있는 모습은 끔찍하기 짝이 없었다. 특히나 그 공간에 자신의 아들 또한 사로잡혀 있다는 사실이 견딜 수 없었다.

한때는 아들이 바깥으로 나오길 바라며 캡슐을 없애 버린 적도 있었다. 그런다고 아이가 달라지지는 않았다. 방 안에 틀어박힌 채 멍하니 시간을 축내기만 했다.

퓨처로드에 접속하면 학교 원격 수업에 참여할 수 있는데, 그가 캡슐을 부수자 그럴 수 없게 됐다. 그는 차라리 그 편이 낫다고 생각했지만 학교는 생각이 다른 듯했다. 담임 선생은 하루가 멀다 하고 연락해 왔다. 아버님, 선우가 학교에 오질 않았어요, 아버님, 선우가 연락이 안 됩니다, 아버님, 아버님, 아버님……!

지긋지긋했다. 그놈의 선생이라는 작자들은 어째서 퓨처로드 속 교실을 '진짜'인 양 취급하는 걸까. 출석하지 않았다고? 퓨처로드에 접속해 학교에 나가면, 그게 진짜 등교한 걸까? 터무니없는 소리다. 그건 그래픽과 뇌파 간섭을 통해 오감을 현혹하는, 얄팍한 가짜일 뿐이다. 방독면을 쓰고서라도 진짜 다리로 물리적 교문을 통과해야만 '등교'하는 것이다.

그는 자신의 커리어를 위해서라도, 또한 아들을 위해서라도 부활 프로젝트를 반드시 성공시킬 것이다. 그리하여 사후세계 같은 퓨처로드에 갇혀 죽어 가는 아들을 끄집어낼 것이다. 현실을 걷게 할 것이다. 그날을 기대하며, 오늘도 그는 지옥과 같은 현실을 참아 낸다.

3

선우가 레아를 만난 건, 한 달 전 퓨처로드의 작은 서점 '매지셔닝'에서였다. 퓨처로드에 접속해 수업에 출석한 뒤, 아바타 마법으로 몸을 둘로 분리해 낸 후였다. 선생님들은 아바타 마법을 모르고 있었다.

퓨처로드에는 많은 직업이 구현되어 있다. 퓨처로드의 경제 시스템에 참여하고 싶은 사람들은 대부분 생산 활동 관련 직업을 선택한다. 예를 들어, 회사원이라든가 방송 PD, 부동산

중개업자를 하는 사람들도 있고, 제빵사, 미용사 등도 있다. 연예인이나 인플루언서를 선택해 퓨처로드의 문화 산업을 이끄는 이들도 있지만, 선우는 그런 것에 관심 없었다.

현실을 대체하는 메타버스 세계로 사용된다 해도, 그 뿌리는 게임이다. 선우는 오직 '마법사'가 되고 싶었다. 첨단 과학 기술과 환상적 마법의 힘이 공존하는 이곳, 퓨처로드. 비록 마법사가 되기란 쉽지 않지만, 불가능하진 않았다. 오랜 기간 훈련하면 놀라운 마법도 사용이 가능했다. 그러나 퓨처로드의 경제 활동이 현실과 연결되기 때문인지 마법사를 직업으로 선택하는 이들은 소수에 불과했다. 게다가 E&U는 마법을 타인에게 사용하지 못하도록 패치해 버렸다. 전사와 마법사가 활개 치는 판타지 세상이라면, 대부분의 유저들은 떠나 버릴 테니까.

다행히 스스로에게 마법을 거는 일은 여전히 가능했다. 마법사 레벨 99에 도달한 선우는 아바타 마법을 시전해 분신을 만들어 냈다. 분신은 수업에 참석하게 하고, 자신은 밖으로 나와 퓨처로드에 숨겨진 신비를 찾아 산과 바다를 헤매고 다녔다. 환상의 동물, 놀라운 능력을 발휘하는 아티클, 비기의 마법서 등 퓨처로드는 지긋지긋한 일상이 주지 못하는 모험을 선사하고 있었다.

퓨처로드에 비하면 현실은 얼마나 암울한가. 그나마 엄마가 있을 때 부모님이 다투는 소리라도 들렸건만, 이제 집엔 규칙적인 기계 소리만 남아 있다.

가끔 연락을 주고받는 엄마는 수업에 잘 참여하고 있는지 물었다. 새 가정을 꾸린 엄마는 아버지와 함께 있을 때보다 즐거워 보였다. 다만 선우와 통화할 때면 행복한 표정을 숨기려 했는데, 선우 눈에는 다 보였다. 뭐 어떤가. 엄마라도 행복하면 다행이지. 선우는 엄마의 행복을 깨고 싶지 않아 열심히 공부하고 있다고 말했다.

현실에서든 퓨처로드에서든, 학교란 정이 가지 않는 공간이었다. 공부가 싫은 건 아니다. 다만, 좀 질렸다. 학교에서도, 집에서도 공부, 공부, 공부……. 아버지는 자기 뜻에 따라 주지 않는 선우를 탐탁지 않아 하다가 어느 순간 포기해 버린 듯했다. 아니, 혐오하고 있다고 보는 게 맞을 테다. 아버지의 눈빛에서 읽을 수 있는 건 원망과 분노, 증오 따위뿐이다. 선우는 아버지가 자신을 왜 그렇게 싫어하는지 이해하고 싶었다. 그렇다고 해도 아버지가 하라는 대로 행동하기는 쉬운 일이 아니었다.

학교에 가고 싶지 않은 또 다른 이유. 선우는 또래 아이들과 어울리고 싶지 않았다. 그들은 상대방이 가진 힘을 저울질했다.

'나와 어울릴 만한 힘을 지녔는가.'

선우는 약자로 분류될 때가 많았다. 그러다 보니 주변에 친구들이 없었다. 선우를 신경 쓰지 않고 자기들끼리 노는 아이들은 그나마 나았다. 몇몇 짓궂은 아이들을 중심으로 슬금슬금 선우를 떠보는 무리가 생겼다. 처음에는 강도가 약했으나, 조금씩 선을 넘으며 괴롭힘은 악질적으로 변해 갔다. 선우가 YY를 손꼽아 기다리게 된 건 어찌 보면 당연했다. 강한 무리들을 피할 수 있으니까. 사실 선우는 강하고 싶지도 않고, 약하고 싶지도 않았다. 선우는 그저 선우이고 싶었다. 힘이 세고 약하고가 도대체 학교생활과 무슨 상관인지.

그러나 현실은 그리 녹록지 않았고, 약한 아이들은 강자 밑에 눌려 지내기 십상이었다.

그날 선우가 매지셔닝에 방문한 이유는 레벨 100 퀘스트를 수행하기 위해서였다. 필수는 아니지만, 마법사를 직업으로 선택한 이상 선우는 차근차근 레벨업을 해 왔다. 한 단계 성장할 때마다 새로운 마법을 쓸 수 있고, 더 신비한 경험을 할 수 있다는 것이 좋았다. 솔직히 말해, 현실에서 얻을 수 없는 '강함'을 갖게 되는 것도 레벨업을 하는 이유 중 하나였다. 새로 익힌 얼음 마법으로 밥맛없는 아이들을 꼼짝 못 하게 얼리는 상상을 하며, 선우는 씁쓸한 웃음을 흘리곤 했다.

이번 레벨 100 퀘스트는 이전 퀘스트와는 또 다른 의미에서 특별했다. 레벨 100을 달성하면 유저가 원하는 희귀 아이템을 한 가지 받는다. 레벨 100 퀘스트를 '소원 퀘스트'라고 부르는 이유이기도 하다. 선우의 소원은 '붉은 눈 백룡'을 보상으로 받는 것이다. 자유자재로 크기 조절도 가능하며, 도시 외 지역에서는 타고 다닐 수도 있는 백룡은 백마법사 최고의 반려동물이라 해도 무방했다.

특전이 대단한 만큼 퀘스트 난이도도 상당히 높다. 보통 마법사 레벨 퀘스트가 몬스터를 처치하거나 마법 아이템을 입수하는 것이라면, 레벨 100 퀘스트는 조금 달랐다. 단순히 고난이도를 넘어서 괴상하다고 여길 법했다.

'진정한 사랑이 무엇인지 깨달으시오.'

밑도 끝도 없이 진정한 사랑이라니. 눈살이 찌푸려지는 퀘스트가 아닐 수 없었다. 그러나 곰곰이 따져 보면, 선우가 여태 해 온 레벨업과 발자취를 같이한다고 볼 수 있었다.

마법사는 크게 세 가지로 나뉜다. 암흑의 힘으로 파괴를 일삼는 '흑마법사', 자연 원소 계열 마법을 주력으로 하는 '정령술사', 그리고 빛의 힘을 통해 파티를 지원하는 '백마법사'. 선우는 백마법을 주로 익혀 왔다. 코스튬도 자연스레 백색 위주다. 낙낙한 흰색 후드티에, 파란색 청바지. 머리는 은색으로 염색하고 피부 톤도 아이보릿빛으로 설정했다.

백마법사 레벨 100을 달성하기 위해선 진정한 사랑이 무엇인지 깨달을 필요가 있었다. 선우는 매지셔닝 서가를 뒤지기 시작했다. 고색창연한 매지셔닝은 오래된 마법 서적뿐 아니라 잘나가는 웹소설이나 인플루언서들의 콘텐츠를 잔뜩 구비한 서점이었다. 풀어 나가기 막막한 퀘스트를 받을 때면, 선우는 매지셔닝에 들러 이런저런 서적들을 뒤적거렸다. 그러다 웹소설을 보며 시간을 때우기도 하고, 철 지난 마법 잡지를 탐독하기도 했다.

그날도 선우는 매지셔닝 한쪽에 마련된 계단식 의자에 앉아 마법 잡지를 살펴보고 있었다. 백마법사 레벨 100 퀘스트와 관련된 정보가 어딘가에 있지 않을까 하면서. 솔직히 검색이 더 빠르지만, 선우는 책 속을 헤매는 편이 시간도 잘 가고 더 좋았다. 낯선 목소리가 들린 것은 그때였다.

"안녕하세요. 말씀 좀 여쭐게요."

처음 보는 여자아이였다. 그런데 왠지 어딘가 익숙한 얼굴. 언제 퀘스트를 같이한 적이 있던가? 그럴 리가 없다. 현실에서든 퓨처로드에서든 솔로 플레이만 하는 선우다. 백마법사 주제에 솔플만 하다 보니 몬스터 처치 퀘스트는 곤란할 때가 더러 있었다. 그러니 눈앞의 아이와는 처음 보는 게 맞다. 그런데도 왜 이렇게 낯이 익지. 혹시 같은 반인 걸까? 선우가 고민하는 사이, 아이는 용건을 밝혔다.

"실례지만 혹시 백마법사인가요?"

선우는 아이의 눈썰미에 놀라서 그만 고개를 끄덕였다. 백마법사인 게 티가 나나? 선우는 제 옷을 슬쩍 살펴보았다. 희멀겋긴 했지만 어디에서도 백마법사라는 직업적 특성은 찾을 수 없었다. 그나저나, 아이가 말을 걸 때마다 가슴이 두근거렸다. 천하의 숙맥인 탓도 있지만, 그 아이가 정말이지 아름다웠다. 다른 사람들도 이쪽을 힐끗거릴 정도였으니 말 다 한 것이다. 연예인이나 인플루언서라도 되는 걸까? 흰 후드티에 청바지 차림인 것도 선우의 이목을 단단히 붙들었다. 나랑 너무 비슷하잖아?

"그럴 줄 알았어요! 한눈에 봐도 환한 게 딱 백마법사 같았어요."

목소리마저 달콤한 아이는 뛸 듯이 기뻐하더니 자기 이름을 밝혔다.

"레아라고 해요. 저도 백마법사입니다."

왠지 선우도 자기소개를 해야 할 듯해 고개를 꾸벅 숙였다.

"김선우입니다."

레아가 자꾸만 웃어 주니 선우는 도저히 눈을 마주 볼 수가 없었다. 자꾸만 힐끔거리는 게 더 이상해 보일 듯했다. 그나저나 무슨 말을 해야 하지? 말주변이 없는 선우는 레아가 대화가 재미없다며 가 버릴까 봐 조마조마했다. 다행히 레아는 그런 것에 크게 신경 쓰지 않았다. 선우가 말하지 않으면 자기가 하면 된다는 듯 거침없이 말을 이었다.

"여기 자주 오시나 봐요?"

"어…… 가끔 필요할 때요."

"전 처음이거든요. 퀘스트를 새로 받았는데, 주변에 백마법사가 거의 없다 보니 도움 받을 곳이 필요해서요. 누가 매지셔닝에 가면 레벨 높은 백마법사를 만날 수 있다고 했는데,

아마도 선우 씨를 말한 거겠죠?"

선우 씨라니……. 양 볼이 화끈 달아올랐다. 게다가 누군가가 매지셔닝의 김선우를 만나 보라 추천했다고? 선우는 딱히 두각을 드러낸 적이 없었다. 자기 활동을 촬영해 SNS에 올리는 사람도 있지만, 선우는 그런 건 질색이었다. 그런데 누가, 선우를 어떻게 알고? 하긴, 매지셔닝에 하도 들락날락하니 개중 한둘은 선우가 높은 레벨의 백마법사라는 걸 알게 됐을지도 모른다.

"선우 씨는 원래 말이 없나 봐요?"

"네? 아니요, 그런 건 아닌데…… 죄송합니다."

선우가 허둥거리자 레아가 양손을 내저었다.

"나쁜 뜻으로 한 말이 아니에요. 과묵하고 멋져 보여요."

얼굴이 너무 달아올라 백마법사보다는 적마법사라고 불리는 게 맞을 듯했다. 레아는 그런 선우를 보며 작게 웃었다.

"선우 씨. 부탁이 있는데, 해도 괜찮을까요?"

뭐든 상관없습니다. 말만 하세요, 다 들어 드릴 테니. 선우는 그렇게 말하고 싶은 걸 가까스로 참았다.

"퀘스트 수행 조건이 백마법사 2인 파티거든요. 제 퀘스트 좀 도와주실 수 있어요? 아! 제 레벨은 이제 30이에요……."

레벨 30이면 유니콘을 생포하는 퀘스트 아닌가? 그새 업그레이드 되었나? 뭐가 됐든 그 정도는 아무것도 아니다. 그보다는, 레아가 발하는 빛에 눈이 멀 것 같았다. 부탁을 들어주지 않을까 봐 겁먹은 눈빛마저도 어쩜…… 선우는 사람들이 말하는 이상형을 이제야 찾은 듯했다. 어쩌면 '진정한 사랑' 퀘스트가 예상보다 쉽게 끝날지도 모르겠다.

"도와드릴게요."

선우의 말이 끝나기 무섭게 레아가 기쁨의 비명을 질렀다. 그러다 서점에서 큰소리 낸 것을 깨닫곤 화들짝 제 입을 가리더니, 벅찬 얼굴로 선우에게 손을 내밀었다.

"우리 파티 맺을까요?"

선우의 눈앞으로 시스템 메시지가 도착했다.

「파티를 수락하시겠습니까?」

고민할 필요가 없었다. 선우의 대답은, 당연히 '예'였다.

4

레아가 사라졌음을 확신한 건 이틀 전. 징조는 일주일 전부터 있었다.

그동안 두 사람은 꽤 많은 퀘스트를 함께 진행했다. 변신 토끼를 잡는 퀘스트부터 시작하여, 퓨처로드 제일경이라 불리는 주산테스섬의 코끼리 절벽 아래에서 불로초를 찾기도 했다. 레아는 그럴 때마다 감격한 미소로 선우를 칭찬했다. 어느새 두 사람은 말을 놓았고 차츰 가까워졌다.

작은 방도 임대했다. 퀘스트 보상으로 얻은 두 사람의 코인을 합쳐 마련한 방이었다. 레아가 생각보다 꽤 많은 코인을 가지고 있어 가능한 일이기도 했다.

"어디서 그 많은 돈이 났어?"

선우가 놀라서 묻자 레아는 별거 아니라는 듯 말했다.

"부모님이 주신 용돈 차곡차곡 모았지."

부모님이 퓨처로드에서 쓰라고 돈을 주신다니. 선우로서는 상상도 못 할 일이었다. 아버지는 퓨처로드를 늘 못마땅하게 여겼으니까.

아버지는 언제나 대중의 반대편에 서야 성공할 수 있다고 했다. 남들이 한다고 다 따라 하면 용의 꼬리는커녕 뱀의 꼬리도 되지 못할 거라면서. 선우 생각은 달랐다. 용의 꼬리니, 뱀의 꼬리니 무슨 상관인가. 퓨처로드에는 백마법의 세계와 새로운 모험이 기다리고 있다. 무엇보다도 선우의 전부가 되어 가는 레아가 있다.

비록 한 달치 임대료밖에 준비하지 못했지만, 두 사람은 그곳을 아지트로 삼았다. 한쪽에는 책장을 마련해 서로가 좋아하는 소설과 만화책을 잔뜩 꽂았다. 레아는 최근 인기몰이 중인 가상 아이돌 그룹의 홀로그램 액자로 벽면을 도배했다. 샘이 나서 바라보는 선우의 마음을, 레아는 한마디 말로 녹여 버렸다.

"에이, 그래도 우리 선우 따라오려면 한참 멀었지."

우리 선우……. 그 말이 귓가에 한참을 맴돌았다.

두 사람 사이에 결정적인 한 방이 있었으니, 징조를 발견한 그날 일이었다. 밤늦게까지 콘솔 게임을 하다 소파에 앉아 한국의 유명 애니메이션을 감상하고 있었다. 하필이면 청소년 관람가치고는 수위가 높았는데, 주인공으로 나오는 두 아이가 마침내 사귀기로 하는 장면이었다. 한 아이가 조심스레 자기 마음을 표현하자 또 다른 아이는 기다리고 있었다고, 왜 여태 말하지 않았느냐며 벅찬 눈물을 흘렸다.

선우는 숨을 삼켰다. 자신도 그런 망상을 몇 번이나 하지 않았던가. 레아가 내게 고백해 준다면, 그럼 나는 어떻게 반응해야 할까? 사실 먼저 고백할까 고민하기도 했다. 그러나 도무지 용기가 나지 않았다. 괜한 고백으로 레아를 잃을지 모른다는 두려움도 있었다. 그럴 바엔 애매한 관계를 유지하는 게 나을 거라는 비겁한 생각을 하는 중이었다. 마음 한편에는 레아와 사귀고 싶다는 욕망이 용솟음쳤다. 그러나 어차피 욕망을 실현시키진 못할 터였다. 선우는 원래 그런 아이였다. 스스로를 너무나 잘 알고 있었다. 용기 없고, 끈기 없는 낙오자.

그런데 그날은, 레아의 간질거리는 웃음소리에 도무지 참기 힘들었다. 뜨거워진 온몸이 레아에게 고백하라고 심장을 마구 두드렸다. 손바닥에는 땀이 흥건했다. 선우의 이상 증세를 눈치챈 걸까. 때마침 레아가 물었다.

"선우야, 어디 불편해? 안색이 안 좋아."

걱정해 주는 말투조차 선우의 마음을 헤집어 놓았다. 여태 그런 적이 없는데, 끓어오르는 화산처럼 가슴이 터질 듯했다. 고백하지 않으면 속에서 터져 엉망이 될 것 같았다.

"레아야……"

어색하고 탁한 목소리가 목구멍을 통해 흘러나왔다. 레아는 무슨 일이냐는 듯 귀를 기울였다. 마치 이 순간을 기다리고 있었다는 것처럼. 때마침 흐르는 애니메이션 배경음악도 좋은 분위기를 만드는 데 한몫했다. 평생에 단 한 번 신이 기도를 들어준다면, 선우는 그 기도를 지금 하고 싶었다. 레아와 사귀게 해 달라고. 선우는 떨림을 안고 마침내, 고백했다.

"나…… 네가 좋아. 진짜야."

손으로 입을 가린 레아는 우는 건지 웃는 건지 모를 표정을 지었다.

그때 알아봤어야 한다. 선우 인생에 이토록 찬란한 순간이 주어진다는 게 모순이자 징조였다. 레아가 고개를 끄덕이며 알겠다고, 우리 사귀자고 했을 때 알았어야 한다. 그다음 닷새 동안 레아와 뜨겁게 사랑했을 때 알았어야 한다.

레아의 흔적이 완전히 사라지고 나서야 선우는 현실을 깨달았다. 아니, 상기했다고 보는 게 맞을 것이다. 세상은 원래 친절하지 않았지. 내 인생은 원래 이래. 나까짓 게 사랑은 무슨…….

툭, 눈물이 났다. 엄마가 떠날 때도 흘리지 않던 눈물인데.

퓨처로드에 도무지 접속하지 못할 정도로 눈물이 흘렀다.

5

상실의 아픔은 선우를 무력하게 만들었다. 사라진 레아를 추억하다 지쳐 잠들면, 꿈속에서도 좋았던 한때가 천연색으로 펼쳐졌다. 깨고 나면 꿈이란 걸 깨닫고 마는 이상, 그것은 악몽이었다. 어쩌면 레아와의 지난 한 달이 꿈이었던 건 아닐까? 그렇다고 하기엔 너무나도 생생했다.

그러다 문득 이대로는 살 수 없겠다는 생각이 들었다. 불공평했다. 왜 내 건 다 빼앗아 가는 건데? 엄마도 가져가 놓고, 레아까지 가져가는 건 너무했다. 한 번쯤은 발악이라도 해 봐야 했다.

선우는 우선 간편 영양식부터 찾았다. 레아가 그러지 않았나. 힘을 내려면 속부터 든든히 채워야 한다고. 대충 허기를 때우고 퓨처로드에 접속했다.

감각이 동기화되고 곧 눈앞으로 퓨처로드 세계가 로딩됐다. 마지막 종료 지점은 아지트 공간. 52시간 만에 접속했다는 안내와 함께 메일이 쌓여 있다는 알림이 떴다. 시스템 창을 띄워 메일함을 열었다. 수십 개의 메일 중 대부분은 스팸이었다. 스팸을 지우다가 임대 기간 종료가 3일 앞으로 다가왔다는 메일을 발견했다. 우선 2주 연장을 결정하고, 코인을 입금했다. 지난 한 달 동안 꽤 많은 코인을 써서 여력이 없었지만, 레아와의 추억이 담긴 공간을 함부로 삭제하고 싶진 않았다.

반가운 메일도 있었다.

「축하합니다. 레벨 100 퀘스트를 성공적으로 수행했습니다.」

생각도 못 하고 있었는데, 레벨 100 퀘스트인 '진정한 사랑' 퀘스트를 클리어한 모양이었다. 손바닥 위로 머그잔 크기의 아담한 요술램프가 나타났다. 램프를 건드리자 시스템 메시지 창이 떴다.

「레벨 100 달성을 축하합니다. 퓨처로드 세계의 진정한 탐험가인 당신에게 요술램프를 지급합니다. 필요할 때 아이템을 사용하세요. 지니가 소원 한 가지를 들어 드립니다. 당신의 소원은 무엇입니까?」

과거의 선우라면 당장 백룡을 요청했을 것이다. 하지만 지금은 그럴 기분이 아니었다. 어떤 희귀 아이템을 준다 해도 선우의 텅 빈 마음을 채울 수는 없었다.

선우는 요술램프를 아이템 창에 넣고 귓말 창을 열었다.

「레아야, 너 어디야?」

사용자를 찾을 수 없다는 시스템 메시지가 부메랑처럼 돌아와 선우의 가슴을 깊이 찔렀다. 그렇다고 슬퍼하고 있을 수만은 없다. 그러지 않기 위해 접속한 것 아닌가.

선우는 우선 레아와 함께 다닌 곳을 샅샅이 뒤졌다. 퀘스트 지역, 골목과 식당, 문구점, 옷가게……. 대로변에서 미친 사람처럼 레아를 찾는다고 소리치기도 했다. 누군가 지나가며, 세상에 레아가 얼마나 많은데 여기서 이러고 있냐고 혀를 찼다. 같은 이름으로 검색하면 수천 명의 레아가 떴다. 그 수많은 레아들 중에 선우의 레아는 도대체 어디 있는 걸까?

결국 레아의 뒤꿈치조차 발견하지 못한 선우는 힘 빠진 걸음을 옮겼다. 마지막 희망을 품고 매지셔닝의 문을 열었다. 나이 든 사장이 어서 오라며 맞아 주었다. 인사는 하는 둥 마는 둥 하고 서가부터 뒤졌다. 뒷모습이 낯익어 다가가 보면 레아가 아니었다.

밤늦게까지 기다렸지만 결국 레아는 나타나지 않았다. 누군가 몸에 구멍을 내고 생기를 모조리 빼내 간 것 같았다. 손님 하나 없는 서점에 선우와 사장만이 남아 있었다. 문 닫을 시간이 되었는지 사장이 조심스레 말을 걸었다.

"찾는 책이라도 있어요?"

선우는 힘없이 몸을 일으켰다.

"죄송해요. 제가 너무 오래 있었죠."

그가 괜찮다는 뜻으로 양손을 내저었다.

"무언가를 열심히 찾고 있던데, 아직 못 찾았나요? 우리 가게 단골이잖아. 종종 오는데도 말 한번 붙여 볼 기회가 없었는데, 뭘 찾아요? 내가 찾아 줄 수도 있으니 말해 봐요."

선우는 희미하게 웃고만 말았다. 개인적인 문제를 아무에게나 떠벌리고 싶진 않았다. 그러나 사장의 눈빛은 제법 완고했다. 어떻게든 돕고 싶다는 눈빛. 그래서일까. 선우는 저도 모르게 입을 열고 말았다. 레아라고, 종종 방문하던 아이를 못 보았냐고. 그는 이맛살을 찌푸리며 무언가를 한참 생각하는 듯했다.

"혹시 함께 다니던 그분 말하는 건가요?"

선우가 고개를 끄덕이자 사장은 걱정스럽게 물었다.

"요즘엔 보이질 않던데, 왜요? 그 친구한테 무슨 일이 있나 요?"

머뭇거리던 선우는 이왕 이렇게 된 거 사실대로 말해 보자 싶었다. 레아가 이틀 전에 완전히 사라졌다, 귓말도 안 되고, 아지트의 흔적도 싹 사라졌다, 레아를 찾고 싶은데 어디서도 찾을 수가 없다……. 얘기를 듣던 사장이 심각한 얼굴로 위로 의 말을 건넸다.

"갑자기 그렇게 사라지다니. 말 못 할 사연이 있는 걸까요?"

"모르겠어요. 내가 싫으면 싫다, 말이라도 해 주고 떠났다면 덜 답답할 텐데, 그것도 아니고……."

같이 한숨 짓던 그가 문득 생각난 듯 말을 이었다.

"혹시 E&U 서비스 센터에 찾아가 볼 생각은 없나요?"

무슨 말이냐는 듯 바라보자, 그가 자기 이야기를 해 주었다. 매지셔닝에 좀도둑이 들었을 때, CCTV에도 확인이 안 되어 E&U 서비스 센터를 찾아갔더니 본인 인증 후 직접 해결해 주 었다고. 알고 보니 매지셔닝 계산 시스템에 발생한 버그 탓이라며 복원해 주었다는 것이다.

"레아 님이 버그 따위로 접속을 못 하고 있는 건지도 모르잖아요. 서비스 센터에 찾아가 보세요. 혹시 압니까? 운이 좋으면 레아 님을 현실에서 만나게 될지도."

6

선우는 지하 주차장의 공유 호버카 앞에 한참 서 있었다. 차량 이용 예약을 하고 요금까지 다 냈는데도 선뜻 손이 나가지 않았다. 문을 열고 좌석에 앉기만 하면 차는 선우를 목적지까지 안전하고 빠르게 데려다줄 것이다.

선우는 떨리는 숨을 뱉으며 차창에 비친 자기 모습을 살폈다. 얼마만의 외출이던가. 중학교 입학하고 얼마 지나지 않아 선우는 학교 수업을 전면 원격으로 하는 홈에듀 프로그램을 신청했다. 이후 방 안에 틀어박혀 살았는데, 간만에 밖으로 나가려니 가슴이 뛰었다. 마땅한 외출복이 없어 급히 옷도 주문했다.

어젯밤 드론 택배로 받은 흰색 후드티는 퓨처로드에서 즐겨 입던 후드티를 그대로 본떠 만든 제품이었다. 차창에 비친 모습은 퓨처로드의 아바타와 어딘가 닮았으면서도 달랐다. 퓨처로드는 사용자의 외모를 동일하게 구현하면서도 보정을 통해 좀 더 만족스럽게 만들어 주니, 위화감이 드는 게 당연할지도 모른다. 그러나 선우가 느끼는 이질감은 단순히 외모의

미세한 차이 때문만은 아니었다.

화장실을 이용할 때조차 거울을 들여다보지 않는 선우였다. 거울 속 자신과 눈이 마주칠 때마다 먼저 눈길을 피했다. 아버지 말마따나 할 줄 아는 거라곤 게임밖에 없는 비겁한 루저. 그 꼴이 보고 싶지 않았다. 그런데 오늘은 이를 악물고 거울을 봤다. 덥수룩한 앞머리가 눈을 가리고 있었다. 머리를 넘겨 보아도 금세 제자리로 돌아왔지만, 최대한 단정한 모습으로 자신을 꾸며 보았다.

혹시 모르지 않는가. 사장의 말처럼 서비스 센터에서 레아의 집 주소라도 알게 될지. 물론 철저한 보안을 자랑으로 삼는 E&U가 그리 허술하게 유저 개인 정보를 넘기지는 않을 것이다. 그래도 E&U 서버에 그간 레아와 선우가 함께했던 수많은 추억들이 저장되어 있을 테니, 어쩌면 친분 인증 정도는 충분하지 않을까?

괜한 기대인 줄 알면서도 움켜쥔 희망을 놓을 수 없었다. 집 밖으로 나오는 것부터가 선우에겐 큰 모험이었다. 퓨처로드의 산과 바다를 헤매는 것은 차라리 쉬운 퀘스트였다. 불안한 현실에서 낯선 퀘스트를 완수하려면 마법 같은 희망이 필요했다.

선우는 세상이 싫었다. 주기적으로 찾아오는 누런 하늘도, 방독면을 쓰고서라도 밖으로 나가라고 윽박지르는 아버지도, 자신을 두고 떠난 엄마도, 말수가 적고 음침해 보인다며 괴롭히는 아이들이나 문제아에 대해 알고 싶어 하지 않는 선생님도. 그들에게서 받은 상처를 돌보기 위해서라도 선우는 문을 걸어 잠가야 했다. 그러던 중 만난 퓨처로드는 새로운 '나'를 선물해 주었다. 더구나 사랑까지 찾았으니, 퓨처로드가 선우의 진짜 '현실'이었다. 자기만의 세계를 차곡차곡 쌓아올린 그곳. 누구도 침범할 수 없는 완전한 세계, 퓨처로드.

레아가 사라지고, 그 전부가 무너졌다. 새로운 모험을 시작할 수밖에 없는 이유였다. 문을 열고 나와, 다시 사랑을 찾아 나선다. 선우 인생 최대의 난관이자 끝판 퀘스트를 수락한다.

레아를 만날 것이다. 선우는 이를 악물고 차 문을 열었다.

센터는 생각보다 컸다. 손님도 많았지만, 직원도 꽤 있었다. 세계적인 게임 업체라는 명성답게 대부분의 사무 처리가 가상 공간에서 이루어질 줄 알았다. 실상은 그렇지 않았다. 세상의 많은 부분이 메타버스로 대체되었지만, 물리 세계는 여전히 공고했다. 인간이 육체를 가진 이상, 두 발을 디딜 수 있는 딱딱한 땅은 필수불가결한 요소일까. 씁쓸했다.

차례를 기다리며 소파에 앉아 있는데, 접수를 도와줬던 직원이 선우를 찾았다. 그는 요청했던 서비스가 완료되었다며 자길 따라오라고 했다. 그가 안내한 곳은 개별 상담이 가능한 작은 방이었다. 방 한쪽에는 접속 캡슐이 마련되어 있었고, 상담용 책상과 의자가 놓여 있었다. 책상에 마주 보고 앉자 그가 홀로그램 디스플레이를 가동시켰다.

"손님은 레아라는 유저의 행방을 찾고 싶다고 하셨죠?"

그의 묻는 태도가 건성인 듯해 다소 긴장이 됐다.

"3일 전까지만 해도 연락이 됐는데…… 사라졌어요."

"네, 자세한 내용은 서비스 요청 영상에서 확인했어요."

그는 무심하게 키보드만 두드렸다. 허공에 뜬 홀로그램 화면은 보안 기능을 켜 놓았는지 선우 쪽에서는 보이지 않았다.

"흠, 이걸 어떻게 설명 드려야 하나……. 괜히 죄송하네요."

그가 애매한 말로 키보드 대신 선우의 가슴을 두드렸다. 입술이 바짝 말랐다. 그가 난감하다는 듯 턱을 문질렀다.

"이런 경우는 또 처음이라. 일단 결론부터 말씀드리면, 레아를 찾았습니다."

선우는 귀를 의심했다. 이렇게 쉽게 해결된다고?

"정말인가요?"

"정말이죠, 그럼. 제가 왜 거짓말을 하겠어요."

그 말에 가슴속에 매여 있던 끈이 툭 풀렸다. 참았던 감정이 주체할 수 없이 터져 나왔다. 선우는 손바닥으로 두 눈을 가렸다. 축축한 눈물이 배어 나왔다. 다신 못 보는 줄 알았는데……. 레아의 안부를 확인한 것만으로도 숨이 쉬어졌다.

문득 선우는 혼자 너무 기뻐하고 있다는 사실을 깨달았다. 눈물을 닦고 어색하게나마 미소를 지었다.

"죄송해요. 저도 모르게 그만……."

"아니, 뭐, 괜찮습니다."

직원의 낯빛이 아까보다 더 어두웠다.

"왜요? 무슨 문제라도 있나요?"

머뭇대던 그는 도무지 이해하기 힘든 말을 던졌다.

"죄송합니다. 설마 NPC를 진심으로 사랑하게 되실 줄은 몰랐어요."

"······네?"

"레아가 NPC라고 안내 메일이 나갔을 텐데요. 여기 보니 수신 확인은 되어 있는데, 혹시 읽어 보지도 않고 삭제하신 건지······."

그가 어색한 웃음을 보였지만 선우는 따라 웃을 수 없었다. 농담이라면 재미없었고, 진담이라면······ 아니, 그럴 리가 없다. 설마, 이거 퀘스트인가? 아니면 팬 서비스용 몰래 카메라? 이러다 숨어 있던 레아가 짠, 하고 나타나는 건 아닐지. 그것도 아니면······.

선우는 볼을 꼬집었다. 아팠다. 볼이 얼얼하도록 또 한 번 꼬집었다. 직원이 그러지 말라며 선우의 팔을 붙잡았다. 선우는 그의 팔을 세차게 떨쳐 내곤 차마 입 밖으로 꺼낼 수 없는 말을 눈으로 전했다.

다시 한번 말해 봐요. 레아가······ 뭐라고요?

7

레아는 백마법사 레벨 100 퀘스트를 위한 NPC(Non-Player Character)였다. 퀘스트 진행을 위해 시스템이 만든 몬스터나 백룡 같은 게임 캐릭터 말이다. 백마법사는 워낙 비주류 직업이라 퀘스트와 관련된 정보가 적었다. 회사가 정교한 퀘스트를 위해 NPC의 외형과 이름을 매번 바꾼 탓도 있었다. 게다가 유저 정보를 분석하여 이상형에 가까운 NPC를 제공한다는데……. 어찌 됐든 오해를 일으켜 미안하게 됐다는 게 회사의 입장이었다.

"NPC 인공지능이 워낙 뛰어나다 보니 이런 일이 벌어지네요. 말하는 거나 행동하는 게 정말 사람 같죠? 저희도 가끔 헷갈린다니까요. 이게 인간인지 NPC인지."

회사는 유저가 NPC와 '진짜 사랑'에 빠지게 될 거라고는 상상도 못 하고 만든 퀘스트였다고 한다. 그게 변명이 되나? 회사는 이번 일을 단순 해프닝으로 마무리하려는 듯했다. 위로 차원으로 특전 아이템을 지급하겠다고 한 것이다.

"100 레벨 보상으로 요술램프를 획득하셨을 거 아니에요. 램프를 하나 더 드린다고 생각하시면 돼요. 아시죠? 요술램프가 얼마나 고가에 거래되는지."

직원은 접속해 보면 아이템이 도착해 있을 거라며, 조심히 돌아가라고 배웅해 줬다. 발길을 돌리던 선우는 문득 할 말이 남아 그를 돌아봤다.

"그런데요…… 사랑은 돈 주고 살 수 있는 게 아니잖아요. 그것도 진정한 사랑을 어떻게 돈으로 사요?"

그는 어린 녀석이 무슨 헛소리냐는 듯한 표정이었다. 그 눈빛이 거슬렸다.

"아이템 따위 아무리 비싸 봤자 사랑으로 교환되는 건 아니잖아요. 그렇잖아요."

선우의 목소리가 점점 커지자 주변 사람들 시선이 집중됐다. 무슨 상관인가. 선우는 기가 차다는 듯 혀를 내두르는 직원에게 마지막 공격을 날리고 걸음을 돌렸다.

"사랑이 뭔지도 모르면서! 연애 안 해 봤죠? 평생 혼자 사세요!"

돌아가는 차에서도, 집에 도착해서도, 선우는 센터에서 들은 말이 믿기지 않았다. 레아가 없는 세상을 어떻게 살아간담. 사실을 확인하기 전에는 일말의 희망이라도 남아 있었는데, 그마저도 사라져 버렸다.

그 모든 게 빅데이터 분석에 기반한 유저 맞춤형 알고리즘이었다고? 현실의 논리는 차갑기만 했다. 레아가 처음부터 없었다는 사실은 삶의 기반을 무너뜨렸다. 마치 손바닥이 뒤집힌 것처럼, 세상의 규칙이 뒤집어졌다. 선우에겐 실재하는 레아가 단지 데이터일 뿐이라니. 이제는 영원한 가짜의 세계로 사라져 버린 레아를 생각하면, 허무했다. 나를 둘러싼 이 모든 공간이 대체 무슨 소용이란 말인가. 자신이야말로 NPC가 되어 사라지고 싶었다.

공허한 감정을 숨길 수가 없었다. 죽은 듯이 누워 울었다. 소리 내지 않으려 했지만 잇새로 새어 나오는 흐느낌은 어쩔 수 없었다. 늦은 시간 퇴근한 아버지는 간만에 아들 방에서 들리는 작은 소리에 예민하게 반응했다. 방문이 벌컥 열리더니 굳은 표정의 아버지가 나타났다. 그가 선우 곁으로 딱딱한 발걸음을 옮겼다.

"왜 우는 거니?"

선우는 입이 떨어지지 않았고, 아버지는 눈물의 이유를 재차 물었다. 말해 봤자 돌아오는 건 비난뿐일 테다. 어떤 대답을 해도 아버지는 흡족해한 적이 없었다. 이번에도 다르지 않을 것이다. 사랑 타령이나 한다고, 그것도 NPC 따위와의 사랑을 운운한다며 아버지는 길길이 날뛸 게 뻔하다. 입을 닫는 편이 이득이다. 그런다고 문제가 해결되지는 않겠지만.

"묻는데 왜 말을 안 해?"

예상했던 반응이 쏟아졌다.

"너는 항상 그래. 좋으면 좋다, 싫으면 싫다, 똑바로 표현할 줄 알아야지. 그저 입 닫고 있으면 만사 오케이니? 지금도 그래. 억울한 일이라도 있어? 물으면 대답을 하면 되잖아. 사람 답답하게 하지 말고!"

예전에는 이쯤 되면 죄송하다는 말을 하기도 했다. 그러나 그 말이 아버지의 분노에 기름을 붓는다는 걸 이제는 잘 안다. 가만히 있으면 아버지는 쏟을 만큼 쏟고 제 풀에 지쳐 나가떨어질 것이다.

"세상을 똑바로 봐. 허구한 날 캡슐만 붙잡고 있지 말고. 선우야, 제발 현실을 살자, 현실을. 꿈같은 세상에서 그만 좀 나와!"

마지막 레퍼토리도 변함이 없다. 제발 좀 현실을 살라는 그 말. 지금 선우의 현실은 레아가 NPC였다는 것이다. 꿈이라도 좋으니 이 모든 게 거짓이라면 얼마나 좋을까.

생각이 지나쳤던 모양이다. 방을 나서는 아버지 뒤에 대고 안 해도 될 말을 하고 말았다.

"아빠는…… 사랑이 뭔지도 모르잖아요."

아버지는 어이없다는 듯 코웃음을 쳤다.

"사랑? 좋아하는 아이라도 생겼니? 그렇다면 더욱 현실로 돌아와. 메타버스에 중독된 남자를 누가 좋아하겠니?"

아버지는 한심하다는 듯 마지막 말을 덧붙이고 나갔다.

"너만 능력이 있다면, 까짓 사랑 따위 어떤 벽이 있어도 얼마든지 쟁취할 수 있어."

능력이 있다면? 선우는 생각했다. 역시 아버지는 사랑을 모른다고. 아무리 능력이 있어도 허물 수 없는 벽이 있다는걸. 그것은 바로 레아와 선우 사이를 가로막는 거대 게임 업체의 정책이라는 사실…… 잠깐만.

선우는 벌떡 몸을 일으켰다. 레아는 레벨 퀘스트를 위해 존재하는 NPC였다. 그렇다는 것은……?

선우는 곧바로 캡슐에 누웠다. 아버지 말마따나 어쩌면 선우의 능력으로 벽을 허물어 버릴 수 있을지도.

곧 눈앞이 밝아지고 오감이 퓨처로드에 동기화됐다. 선우가 아이템 창을 열고 떨리는 손으로 요술램프를 건드리자 이내 메시지가 떴다.

「당신의 소원은 무엇입니까?」

지금부터가 진짜다. 목구멍까지 차오르는 떨림을 삼키며, 선우는 입을 열었다. 혹시라도 실수할까 봐 한 자 한 자 원하는 것을 소리 내어 말했다. 이후, 잠깐의 시간이 흘렀다. 별다른 반응이 없는 램프 때문에 마치 시간이 정지된 것만 같았다. 실패한 걸까?

그때 시스템 메시지가 반짝, 나타났다.

「요술램프를 사용하셨습니다. 당신의 소원을 이루어 드립니다.」

사용 시 철회 불가능하다는 내용에 동의 버튼을 누르면서도 의심은 사라지지 않았다. 정말로 이게 된다고? 입이 바싹 마르고 손에 땀이 나던 그 순간.

「레벨 99로 강등되었습니다.」

시스템 메시지와 함께 익숙한 목소리가 들렸다.

"저기, 죄송한데요……."

선우는 천천히 고개를 돌렸다.

레아다.

진짜, 레아다. 아니, NPC 레아인가? 아무럼 어때. 함께할 수만 있다면 영원히 퀘스트를 반복한대도 좋았다.

선우의 두 눈에 눈물이 차올랐다. 레아는 그런 선우을 보고 표정이 어두워졌다.

"제가 무슨 실수라도……."

선우는 화들짝 놀라 서둘러 눈물을 닦아 냈다.

"아니에요, 눈이 너무 부셔서 그만……!"

자기가 지금 무슨 소리를 하는지 모른 채 반쯤 미친 사람처럼 울고 웃기를 반복했다. 콧물이 나오는데 자꾸만 웃음도 나오고.

그런 선우의 모습에 다행히 레아도 미소를 되찾았다. 그러곤 퀘스트를 해야 하는데 도움이 필요하다며, 말을 건 이유에 대해 이러쿵저러쿵 설명했다. 선우는 새삼 이것이 현실인가 볼을 꼬집어 보게 됐다. 아프진 않았지만, 무슨 상관인가.

문득 서비스 센터 직원이 생각났다. NPC와 사랑에 빠지는 게 말이 되냐던 그에게 반문하고 싶었다. 이게 사랑이 아니면 대체 무엇이 사랑이냐고. 이토록 사무치는 감정을 사랑이 아니고서야 어떻게 설명할 수 있냐고. 메타버스 세계를 살아가는 선우에게 레아는 더 이상 가짜가 아니었다. 레아는 리얼 그 자체, 생생한 현실이었다. 아니, 애초에 선우에겐 현실이랄 게 없었다. 현실에서 있으나 마나 한 존재인 선우가 살아 있다고 느끼게 한 건 레아니까. 더구나 퓨처로드에서 선우든 레아든 데이터와 코드로 이루어진 존재인 건 마찬가지다. 우리는 다르지 않아.

어느새 다가온 레아가 손을 내밀었다.

"우리 파티 맺을까요?"

선우의 눈앞으로 메시지가 도착했다.

「파티를 수락하시겠습니까?」

고민할 필요가 없었다. 두 번 물어도 선우의 대답은, 당연히 '예'였다.

이재문 '비현실을 현실로 살아 낼 수 있는 특권.' 십 대야말로 이 특별한 권리를 가지고 있습니다. 어른들이 보기에는 황당하기 짝이 없는 비현실이지만, 십 대에게는 어떤 것보다 생생한 현실로 다가온다는 게 제 경험이기도 합니다. 가상현실만이 아닙니다. 같은 아이돌을 좋아하는 마음도 십 대와 어른은 다를 것이고, 소설을 읽더라도 어른과 청소년의 체험은 하늘과 땅 차이가 있다고 봅니다. 그 열렬한 '비현실'을 어린 시절의 판타지로 치부하기에는 너무 강렬합니다. 한 사람의 인생을 바꿔 놓기도 하니까요. 그런 마음을 담아 이 이야기를 썼습니다.

백 투 더 퓨처

정은

〈백 투 더 퓨처2〉라는 영화가 있다. 1989년에 미국에서 개봉된 SF영화로, 주인공 마티는 타임머신 드로리안(DeLorean DMC-12)을 타고 2015년 10월 21일에 힐데일이라는 마을에 착륙한다. 우리 아빠는 어릴 적에 이 영화를 보고 2015년이 되면 영화에서처럼 자력으로 공중에 떠다니는 호버보드를 타고 다닐 줄 알았다고 한다. 2015년이 왔지만 그런 일은 일어나지 않았다. 그래도 과학 기술이 1989년에 비해서는 엄청나게 발전했으니까 지구 위 어딘가엔 공중에 떠다니는 호버보드가 하나쯤 있을 것이다. 상용화되지 않아서 우리가 모를 뿐.

내가 이렇게 확신하는 이유는 〈백 투 더 퓨처2〉에서처럼 2015년에 실제로 타임머신 드로리안을 만든 사람이 있었을 것이어서다. 타임머신의 이론은 이미 백 년 전에 아인슈타인이 발견해 놓았기 때문이다. 못 믿겠지만 세상은 우리가 알고 있는 것보다 넓고, 상용화되지 않아서 모를 뿐 이미 만들 수 있는 것은 다 만들었다. 뒷집 할머니 말에 의하면 그렇다.

우리 뒷집엔 자신이 아인슈타인의 숨겨진 손녀라고 주장하는 괴짜 할머니가 살고 있다. 엄마가 밀가루 빌리러 가기도 하고 부침개를 만들어 보내기도 하면서 우리 가족과 오랫동안 친하게 교류하며 지냈다. 그 할머니는 친절하고 다정한데 우리 가족한테만 그렇다. 동네에는 괴팍하다고 소문이 났는데, 할머니가 자신이 아인슈타인의 숨겨진 손녀라는 말을 항상 하고 다니기 때문이다. 물론 아무도 그 말을 믿지 않았다. 먼저, 헤어스타일 말고는 닮은 데가 없었다. 게다가 한국말만 너무 잘했다. 미국에서 태어나긴 했지만 아기 때 한국으로 건너와서 영어는 다 까먹었다고 한다. 아인슈타인의 숨겨진 손녀가 어떻게 서울시 서대문구에서 혼자 살게 되었는지 그 기구한 사연을 다 말해 주었지만 스토리는 매번 달라졌다. 배를 타고 온 적도 있고, 비행기를 타고 넘어왔을 때도 있고, 태어난 도시도 매번 달랐다.

재미는 있어서 즐겁게 듣긴 했지만 전래동화처럼 여겼다. 매번 달라지는 스토리에서 한 가지 사실만은 항상 일치했는데 아인슈타인의 공개되지 않은 비밀 노트의 존재다. 할머니의 할머니가 그걸 금고에 넣어 자신과 함께 한국으로 보냈다는 것이다. 그 비밀 노트에는 아이폰과 알파고와 스페이스X 로켓과 타임머신의 설계도가 있었다고 한다. 할머니의 할머니 말로는 그 설계도를 몰래 베껴 간 사람들이 있었고, 그래서 아이폰과 알파고와 스페이스X가 세상에 나올 수 있었고…….. 아무튼 그 비밀 노트를 아는 사람들은 세계 최고 부자가 되었다고 한다. 타임머신도 이미 만들어져 있는데 이용 요금이 아주 비싸서 세계 최고 부자들만 비밀리에 타고 다니기 때문에 사람들이 모르는 것뿐이라고 했다. 내가 못 믿는 표정을 짓자 할머니는 양말을 벗어 이게 그 증거라며 발바닥에 문신으로 새겨진 숫자를 보여 줬다. 할머니의 할머니가 금고와 함께 본인을 한국으로 보내면서 새기신 비밀번호라고 했다. 어린 아기의 발바닥에 문신을 새기는 잔인한 짓을 나는 이해하고 싶지도 않고 믿고 싶지도 않지만, 왠지 모르게 그 숫자를 보니 그 사연을 믿고 싶어졌다.

우리 가족 중에 나만 이 이야기를 믿었다. 할머니는 이 이야기를 평생 동안 만난 모든 사람들한테 반복해 왔는데 오직 나만 믿어 줬다고 한다. 그래서 내게만 특별히 미완성 타임머신을 보여 주었다.

그게 아마도 내가 초등학교에 입학하던 해였던 것 같다. 그 집 차고에 있던 타임머신은 딱 봐도 그냥 고철덩어리였는데, 얇은 철판을 각지게 만들어 여기저기 땜질을 하고 회색 스프레이를 뿌려 놓은 겉모습이 아빠의 오래된 앨범에서 본 현대

포니 차와 닮았다. 우리 할아버지가 몰던 택시 말이다. 할머니는 재료를 한국에서 구하다 보니 어쩔 수 없었노라고, 실제 설계된 대로 만들면 영화 속 드로리안하고 똑같은 모양이 될 거라고 했다. 나는 그 말도 다 믿었다. 타임머신에 바로 타 보고 싶었는데 할머니는 매번 아직 미완성이라고, 마지막 부품이 준비가 안 되었으니 기다리라고 했다. 내가 언제까지 기다려야 하냐고 묻자 할머니는 2025년이라고, 2025년에 완성된다고 했다.

나는 그 말을 믿고 기다렸다. 십 년을 기다린 셈이다. 그렇게 2025년, 나는 열일곱 살이 되었다.

2025년 10월 21일은 내 인생 최악의 날이었다.

그즈음은 하루하루가 최악이었는데 그날은 특히 더 최악이었다. 어딜 가나 시비 거는 인간들이 있다. 내 존재 자체에 시비를 거는 인간들이 너무나 많다. 자신이 평소 알던 세상과 조금이라도 차이가 있으면 안절부절못하는 못난이들이다. 나는 그냥 태어난 그대로 살고 싶을 뿐인데, 늘 여자냐 남자냐 물으며 시비 거는 사람들 투성이다. 다들 남 일에 왜 이리 관심이 많은지 모르겠다. 그들한테는 가벼운 질문 하나, 가벼운 시비 한 번이겠지만 그 티끌들이 쌓이면 태산같이 무겁게 내 목을 누른다.

나는 살기 위해서 가능한 한 가볍게 대처하는 법을 터득했다. 여자냐, 남자냐는 질문을 받으면 오늘은 68퍼센트쯤 남자라고 대답한다. 오늘은 78퍼센트쯤 여자라고 대답할 때도 있다. 그럴 때 상대방이 어이없어하는 표정을 보는 건 나만의 은밀한 즐거움이다. 그러고 나면 맞아도 기분이 좋다.

솔직히 너무 괴로워서 죽고 싶다는 생각을 안 해 본 건 아니다. 하지만 그럴 때마다 내가 나 혼자만의 나가 아니라는 생각을 했다. 내가 나를 죽일 수는 있어도 우리 부모님의 딸(이거나 아들)을 죽이지는 못할 것 같았다. 내가 나인 그대로 사랑해 주는 사람들이 있는 한은 그렇게 못 할 것 같았다.

그날도 마당에 앉아 내 존재에 대해 생각하며 이러지도 저러지도 못하겠다 생각하고 있는데 뒷집 할머니가 담 너머로 나를 불렀다. 뒷집 차고에 가 보니 놀랍게도 그 고철덩어리에 시동이 걸려 있었다. 작동한다는 사실이 그저 놀라웠는데 할머니는 나를 불러서 운전석 옆 좌석에 앉게 했다. 할머니가 말했다.

"늦었어. 벌써 밤 9시 57분이야. 2015년 10월 21일이 2시간 3분밖에 안 남았어."

이미 십 년이나 늦었는데 뭘 어쩌라는 건지. 나는 왜 늦었다는 건지, 왜 지금 가야 하는 건지, 어디로 가는 건지, 이 차가 움직이긴 하는지 궁금했고 그보다 면허는 있으신지 제일 궁금했지만 차마 묻지는 못했다. 할머니는 십 년 전에도 할머니였지만 지금은 그때보다 더 늙고 어쩌면 치매에 걸렸을지도 모르는 할머니였고, 나는 십 년 전에는 순진한 어린이였지만 지금은 사리 판단이 분명한 청소년이 되었기 때문이다. 물론 내 정체에 대해서는 불분명하지만.

할머니는 내가 차 문을 닫자마자 액셀러레이터를 밟았다. 차는 움직이지 않고 제자리에서 공회전만 엄청 했고 어디선가 타는 냄새가 났다. 이대로 불길에 휩싸이면 어쩌나 걱정이 될 때쯤 엄청나게 빠른 속도로 벽이 우리 쪽으로 달려왔다. 나는 소리를 질렀다. 잘못 본 게 아니다. 차는 가만히 있었고 차고 벽이 우리 쪽으로 돌진했다. 하지만 충돌하지는 않았다. 벽이 우리를 통과해서 사라지고 이어서 파란색 파동처럼 움직이는 반투명한 얇은 벽들이 차례차례 다가와서 우리를 지나쳤다. 다섯 개쯤 통과한 다음에 도착한 곳은 숲속이었다. 우리 차는 처음부터 움직이지 않았으니까, 숲이 우리에게로 도착했다고 표현하는 게 더 맞겠지만.

자동차 계기판에 붙어 있던 커다란 날짜 표시판이 드르륵 돌아가더니 2075년 10월 21일로 바뀌었다. 할머니는 당황해서 소리를 지르고 있었다. 이상하게도 나는 별로 당황스럽지 않았다. 오래전부터 타임머신이 작동하리라고 믿고 그날을 상상해 왔기 때문에 그냥 그날이 왔구나, 하고 담담하게 생각했다. 물론 할머니의 그다음 말을 듣기 전이다.

"내가 버튼을 두 번 눌렀나 봐. 2045년 10월 21일로 가려고 했는데 2075년으로 와 버렸네."

어차피 미래는 다 미래인데 2045년이든 2075년이든 무슨 상관이 있나 싶었는데, 할머니는 2045년엔 본인이 살아 있지만 2075년엔 없으니 문제가 생길 수 있다고 했다. 그러더니 혼자 둘러보고 오라며 나만 타임머신 밖으로 내보냈다. 다시 시동을 걸어 2045년으로 가면 되지 않냐고 했지만, 과열된 차를 식혀야 한다고 했다. 무리하게 연속 이동하면 타임머신이 폭발할 수도 있다고. 혹시 문제가 생기면 2075년의 나를 만나면 해결될 거라며 할머니는 나를 안심시켰다. 우리는 시간을 이동해 왔지만 공간은 그대로니까, 여기가 바로 우리 집 자리라고 했다.

2075년이어도 우리 동네라고 생각하니 조금 안심이 되어서 나는 차 밖으로 나왔다. 평생 살아온 곳인데, 설마 길을 잃진 않겠지.

2075년의 나를 만나 보고 싶기도 했다. 다행히 내가 안 죽고 살아 있다니까 만남을 기대할 수도 있는 건데, 나는 미래의 나를 만나서 물어보고 싶은 게 많았다. 하루하루가 인생 최악의 날인 2025년의 내가 2075년에도 여전히 그런 기분으로 살고 있는지, 아니면 조금 더 살 만하다고 느끼고 있는지 궁금했다. 미래의 내가 나한테 살 만하다고 한마디만 해 주면, 2025년으로 돌아가서도 잘 살아갈 수 있을 것만 같았다.

미래의 내가 잘 살고 있는지는 몰라도 일단 우리 동네가 미래에 어떻게 되었는지는 금세 알게 되었다. 집들은 사라지고 온통 숲이었다. 기후 위기 어쩌고저쩌고해서 지구가 사라졌을 줄 알았는데 이렇게 숲도 있는 아름다운 모습으로 여전히 존재해서 안심이 되었다. 나무가 많고 꽃도 많고 새소리가 들렸다. 토끼와 다람쥐들이 다가와서 내 앞에 가만히 앉아 있다가 다시 사라졌다. 나는 숲속을 거닐었다. 집 근처의 개천과 인공 폭포가 여전히 그 자리에 있어서 반가웠다. 산도 그대로였다. 도로와 차와 건물은 다 사라지고 없었지만. 아마도 우리 동네 전체가 공원 구역이 되었나 보다. 공기도 맑고 깨끗한 것 같았다.

신기하게도 개천 옆에 동굴 같은 것이 생겨서 보는데 갑자기 입구가 LED조명으로 밝아지더니 안에서 사람이 나왔다. 나는 화들짝 놀랐고 그 사람도 놀랐다. 내 나이 또래로 보이는데 복장이 구석기 시대 원시인 복장이었다. 천 쪼가리로 몸의 일부분만 가리고 있었다. 분명히 할머니가 2075년이라고 했는데 기원전 2075년으로 잘못 왔을 수도 있겠다는 생각이 들었다. 아무래도 그런 것 같다. 그러니까 온통 숲이지. 그런데 LED조명은 어떻게 된 거지?

그는 나를 보고 놀란 표정이었지만 아무 말도 하지 않았다. 나는 그가 당황하지 않도록 설명했다. 내 말을 이해할지는 모르겠지만.

"놀라지 말아요. 나는 미래에서 왔어요. 2025년 대한민국에서 타임머신을 타고 왔어요.”

그는 아무 말도 하지 않고 멀뚱멀뚱 나를 쳐다보았다. 나는 내가 할 수 있는 최대한으로 손짓과 표정을 동원해 안심하라는 뜻을 전하면서 조금 더 조심스럽게 말을 해 보았다.

“해치지 않을게요. 정말로요.”

그는 잠시 멈칫하다가 갑자기 말을 하기 시작했다.

“텔레파시를 쓸 줄 모르는 걸 보니 2025년 사람이 맞군요. 다행히 내가 고전어 전공이라 옛날 한국말을 할 줄 알아요. 불법 주차한 타임머신이 있다고 해서 확인하러 가던 길인데, 당신은 혹시 우리 증조할머니가 보낸 사람인가요?”

불법 주차라니, 텔레파시라니. 나는 당황했지만 정신을 가다듬고 답했다.

“뒷집 할머니랑 같이 타임머신을 타고 오긴 했는데.”

“아, 그럼 맞네요. 할머니가 2075년 10월 21일에 누가 날 찾아올 거라고 했거든요. 이걸 보여 주면 믿을 거라고 했어요.”

그는 오른발을 들어서 발바닥에 새겨진 문신을 보여 주었는데 뒷집 할머니네 전화번호 뒷자리였다. 내가 반가워하며 감탄하자 그도 반가워했다.

“할머니 말이 맞았군요. 나는 이 얘기가 할머니가 지어낸 전래동화일 수도 있다고 생각해 왔어요. 이 얘기를 평생 만난 모든 사람들한테 했는데 믿어 준 사람은 당신밖에 없어요. 할머니 예언이 맞다면 내가 당신한테 동네 관광을 시켜 줘야 해요. 우리는 그러기로 되어 있어요. 그래서 내가 고전어를 전공한 거고요. 아마 당신한테는 관광할 시간이 2시간밖에 없을 거예요. 불법 주차 2시간이 넘으면 타임머신이 견인되거든요. 요즘 타임머신이 너무 많이 와서 주차난이 심각해요."

그는 바쁜 듯 성큼성큼 앞으로 걸어갔다. 나는 그를 따라서 걷기 시작했다. 궁금한 게 많았지만, 이럴 땐 이해하려고 하면 안 된다는 것을 이미 알고 있었다. 나는 이날을 오랫동안 기다렸고 내가 어떻게 행동해야 하는지도 미리 알고 마음의 준비를 해 두었다. 그냥 이 상황을 받아들이고 즐기면 된다. 2075년에도 내가 살아 있다고 하니 아마 오늘 내가 죽을 위기에 처하거나 하는 위험한 일은 일어나지 않을 것이다.

동네 관광이라고 했지만 사실 관광할 것이 없었다. 숲속에 있는 몇 개의 동굴이 전부였다. 그냥 자연 다큐멘터리에서 본 원시 부족이 사는 정글 같았다. 나는 마음이 아팠다. 인류 문명이 이렇게 퇴보할 줄은 몰랐다. 천 조가리만 걸친 사람들이 사냥을 하고 나무에서 과일을 따 오고 있었다. 사람들은 말을 안 하고 이상한 짐승 같은 소리를 내고 몸동작으로 대화를 하고 있었다. 나는 너무 속상해서 속마음을 얘기하고 말았다.

"인류가 진화만 거듭할 리는 없다고, 사라진 문명들처럼 언젠가 우리 문명도 사라질 날이 올 거라고 생각하긴 했지만 이건 좀 심하네요. 아무리 퇴보해도 언어를 잃어버릴 줄은 몰랐어요."

할머니의 증손주는 가던 길을 멈추고 말했다.

"아, 당신은 상상력이 부족하군요. 보면 다 이해할 줄 알았는데, 옛날 사람들은 생각보다 미개하네요. 다행히 제가 역사 공부가 취미라, 당신이 온 시대에 대해서 잘 알고 있어요. 그래서 당신이 이해할 수 있을 만큼 설명할 수 있을 것 같아요. 그러니까 이건 퇴보가 아니라 진화한 거예요."

"사람들이 언어도 잃어버리고 고인돌 시대 사람들처럼 사는 것 같은데요."

그는 길을 계속 걸으며 말을 시작했다. 나는 그를 뒤따르며 말을 들었다.

"옛날 사람들은 보이는 것밖에 못 믿었죠. 지금 시대의 문명은 고도로 추상화되어 존재해요. 옛날 언어로 설명하자면…… 메타버스? 사이버 세계? 우리는 그곳에서 옛날 사람들은 짐작도 못 할 아름다운 세계를 조직해 내고 있어요. 대신 생활은 지구에 맞는 방식으로 바꿨어요. 억지로 바꾼 게 아니라 그게 세련된 것처럼 여겨져서 자연스럽게 바뀌었어요. 코로나19 팬데믹을 겪은 이후 가능한 한 쓰레기를 안 만들려고 모든 것을 최소화했어요. 먼저 패션을 바꿨어요. 요즘 옷은 미생물이 먹을 수 있는 소재로 만들기 때문에 쓰레기를 남기지 않아요. 음식도 신선한 것을 최소한으로만 섭취합니다. 이 시대엔 단식이 교양이에요. 뇌파로 교신하기 때문에 불필요한 언어도 버렸어요. 당신이 살던 시대에는 마스크를 쓰고 접촉

없이 소통하느라 싸움이 참 많았다고 배웠어요. 지금 시대는 뇌파로 교신하고 가까운 가족들하고만 음성 언어로 소통해요. 개나 고양이처럼. 뇌파로도 표현 못 하는 감정을 즉각적으로 전달하기 위해서."

그가 말을 멈추자 작은 동물들이 다가와서 우리 앞에 섰다. 그는 동물들과 하나씩 눈을 맞춘 다음 말을 이었다.

"우리가 이렇게 살기로 결심하자 전 세계 동물들이 축하 메시지를 보내오기 시작했어요. 말도 못 하고 미개하다고 착각해 왔던 동물들은 오래전부터 이렇게 고도로 추상화된 세계를 이룩하고 살았어요. 그들은 우리 멍청한 인간이 언제쯤 생각을 고쳐먹을까 몇 만 년 동안 기다리고 지켜보고 있었어요. 인간이 핵폭탄을 터트렸을 때 동물들이 인간을 지구에서 영원히 추방하기로 결의했는데, 개와 고양이들의 간곡한 부탁으로 용서받았어요. 그래서 아직까지 지구에서 살 수 있는 거예요. 지금 시대에도 여전히 전쟁은 있어요. 그건 인간이란 종족이 사라지기 전엔 결코 없어지지 않아요. 대신 추상화된 형태의 전쟁이에요. 그 전쟁은 여전히 소수 집단의 이익을 위해서 존재하고 추상적으로 인간들을 집단 몰살하지만 이 지구엔 절대로 해를 끼치지 않아요. 인간이 동물들의 언어를 이해하게 된 뒤로 그렇게 할 수밖에 없었어요. 인간들끼리만 살고 싶다고 생각한 무리들은 다른 은하계로 이동했어요. 어떻게 다른 별로 이동하느냐면, 그건 모듈 방정식을 이용한 건데, 이

별을 보고 있다가 저 별을 본다고 생각해 봐요. 시선이 옮겨지는 데 3초쯤 걸리잖아요? 의식이 옮겨지는 데도 3초쯤 걸리죠. 그게 별 간의 이동 시간이에요. 우주 여행은 그렇게 하는 거예요. 이렇게 생활이 간소해졌기 때문에 공기가 없는 곳에서도 충분히 생활이 가능해요. 왜냐면 실제 세계는 알다시피 추상적으로 존재하기 때문에……."

"지금 하신 얘기 좀 자세하게 적어 주시면 안 될까요? 너무 많은 정보가 들어와서 제 머리에 버퍼링이 걸렸어요. 제가 천천히 읽으면서 이해해 보려고요."

"안 돼요. 타임머신이 너무 많이 생겨서 과거에서 온 사람에게 현대 과학을 누설하는 건 불법이에요. 당신이 타고 온 타임머신 설계도도 미래에서 불법 유출된 거예요."

그 순간 갑자기 방광이 아팠다. 화장실을 또 너무 오래 참은 것이다. 나의 뇌파를 읽었는지 어쨌는지 그가 나를 화장실로 데리고 갔다. 여자 화장실이었다. 나는 여자 화장실 앞에서 멈칫했다. 화장실 가는 일이 늘 너무나 스트레스였기 때문에 습관처럼 머리가 아파 왔다.

"화장실만큼은 옛날 그대로네요."

"아, 여긴 민속촌 같은 데예요. 2075년의 화장실을 보면 사용법도 모르고 너무 당황할 것 같아서 잘 보존되어 있는 옛날 화장실로 데려온 거예요. 옛날 사람들은 무지해서 화장실에 저런 남녀 구분 표시를 달곤 했죠."

나는 급히 볼일을 보고 나왔다. 학교 화장실이랑 정말 똑같았다.

"타임머신이 너무 많이 와서, 과거에서 온 사람들이 골칫거리예요. 그래서 시간여행자 법이 생겼어요. 그들에게 발설해도 되는 것과 안 되는 것 구분이 있어서 저는 지금 그 법에 따라 안내하는 거예요."

"그럼 제가 미래의 저를 만나도 되나요?"

"그건 불법이에요."

"저는 미래의 저를 만나서 묻고 싶은 게 있어요."

"저한테 물어보세요."

나는 말문이 막혔다. 이런, 일기장에 적을 만한 사적인 질문을 오늘 처음 만난 사람에게 할 수는 없었다. 그는 내 뇌파를 읽었는지 마치 내가 머릿속으로 생각한 것에 답을 하듯 이야기를 이어 갔다.

"미래의 자신을 만나는 것이 불법이 되기 전에는 사람들이 서로 많이 만났어요. 궁금하지 않나요? 사람들이 미래의 자신을 만났을 때 보통 무슨 질문을 하는지. 이미 통계도 나와 있어요. 물론 불법으로 규정되기 전 통계지만."

"어디가 땅값이 오르는지, 무슨 주식을 사야 하는지 그런 걸 물어보겠죠. 결혼을 누구랑 했는지 그것도 궁금해하겠네요."

"그런 것들도 통계상 많이 물어보긴 했지만, 가장 많이 한

질문은 그것과는 달라요. 보통 사람들이 미래의 자신을 만나면 어떻게 아직까지 죽지 않고 버텼냐고 물어봅니다."

그는 담담하게 말했지만, 나는 갑자기 눈물이 났다. 정말 그렇게 많은 사람들이 하루하루 버틴다는 심정으로 사는 걸까? 나와 같은 문제가 없는 사람들도? 정말로? 다들 그렇게 간신히 버티면서 산단 말이야? 나는 걸어가면서 계속 울었다. 미래엔 길거리에서 우는 게 불법인지 궁금했지만 어쩔 수가 없어서 울었다. 그가 혼잣말하듯 말을 이었다.

"과거에서 온 사람들은 원래 처음에 많이 울어요. 그래서 우리는 시간여행자 안내를 위해 예절 교육을 받아요. 2075년에도 물론 새로운 사회적 문제들이 많이 있지만, 2025년에 사람들을 괴롭히던 많은 문제들은 더 이상 문제가 되지 않아요."

"과학이 발전한다고 해서 제 문제가 해결되는 건 아니잖아요? 여자냐 남자냐 하는 질문을 매일 받는데 그런 질문을 하는 사람들의 멍청함을 과학이 고쳐 주지는 않잖아요."

"이봐요, 시간여행자여. 그런 것도 과학이 고쳐 줍니다."

"의학 기술이 호르몬 주사를 안 맞고 살 수 있도록 해 주나요?"

"호르몬 주사가 필요 없죠. 2075년에 성은 스펙트럼상에 존재합니다. 남성, 여성 이렇게 두 가지 분류도 남성, 여성, 트랜스젠더 이렇게 세 가지 분류도 아니고, 헤테로, 게이 이런 분류도 아니고. 그냥 넓게 펼쳐진 스펙트럼상에 존재해요. 살면서 자기 자신이 가장 편안하게 있을 수 있는 위치를 탐색을 통해서 찾아가는 겁니다."

"오늘은 68퍼센트쯤 남자라고 대답하는 게 가능하다는 건가요?"

"그렇게 표현하고 싶다면 그럴 수도 있죠. 호르몬 주사의 도움을 받을 수도 있고 안 받을 수도 있어요. 중요한 것은 자신이 가장 편하게 있을 수 있는 최적의 위치를 찾는 거예요. 그게 이 시대 교양의 척도입니다. 얼마나 자기 자신으로 존재할 수 있는가 하는 것. 당신이 있는 2025년에도 남자, 여자 이분법이 아닌 그 중간에 있는 사람들이 있겠죠. 호르몬 주사를 맞기로 선택한 사람도 있겠고 아닌 사람도 있겠고. 성 전환 수술을 받은 사람도 있고 아닌 사람도 있겠죠. 남자의 몸을 가졌지만 여자 옷을 입고 다니는 사람도 있고, 여자의 몸을 가졌지만 스스로 남자라고 생각하는 사람도 있고, 호르몬 주사를 통해 몸을 남자에 가깝게 만드는 사람도 있고, 그대로 두는 사람도 있을 수 있어요. 여자를 좋아할 수도 있고 남자를 좋아할 수도 있고, 둘 다 좋아할 수도 있고. 세상엔 선택지가 너무나 많고 또 그런 게 당연하잖아요. 취향이라는 것은 바뀔 수도 있고요. 몸도 바뀔 수 있고 생각도 바뀔 수 있고. 내가 나를 어떻게 인식하냐의 문제인데 그건 고정된 게 아니에요. 또 관계 안에서 바뀔 수가 있고요. 세상에 이렇게나 많은 사람들이 있는데 그 모든 사람들을 몇 가지 분류에 다 넣을 수가 있나요? 그건 불가능해요. 결국 나와 나 자신의 문제이기 때문이죠. 지극히 사적인 선택의 문제이고 거기에 다른 사람은 개입하거나 간섭할 수 없어요. 세상이 이렇게 달라진 것은 과학이 발전해서가 아니에요. 그렇게 생각하는 사람들이 2025년보다 많아졌기 때문이에요. 사람들 생각이 바뀌면 세상이 바뀌는 거예요. 그리고 사람들의 생각이 바뀌려면 가장 먼저 내 생각이 바뀌어야 합니다. 일단 내가 그렇게 생각하면 세상에 그런 생각이 하나 늘어난 거잖아요. 내 친구의 생각도 바뀐다면 그런 생각이 또 하나 늘어나고. 세상은 그렇게 한 명씩 한 명씩 바뀌면서 완전히 바뀌게 되는 거예요. 2025년에서 온 사람이 보기에 2075년은 구석기 시대랑 같아 보이겠지만 사실은 모든 게 달라져 있어요. 사람들의 생각이 바뀌었기 때문이죠. 자, 시간여행자 법에 의해서 내가 당신에게 해 줄 수 있는 말은 여기까지예요."

그의 말을 듣는 내내 하염없이 눈물이 났는데, 눈물의 시작은 연민과 슬픔이었지만 점점 감격과 기쁨의 눈물로 바뀌었다. 미래에도 여전히 68퍼센트쯤 남자라고 말할 테지만 그게 농담이 아니라 진짜라는 사실이 기뻤고 내가 비로소 사랑받을 자격이 있는 사람이 된 것 같았다. 내가 나를 사랑해도 될 것 같았다.

그러고 나서 그가 갑자기 하늘에 대고 뚜뚜 뚜루뚜루 뚜

뚜 뚜루뚜루 하고 새소리 같은 괴상한 소리를 내었는데 리듬과 음절이 익숙해서 나는 속으로 뒤에 이어지는 소리를 낼 수 있었다. 저쪽 나무에 앉은 새가 대답하듯 나와 똑같은 소리를 내었다. 2075년에는 사람도 동물도 아기 상어 노래를 마치 그게 한 단어인 것처럼 이용하며 소통하는구나. 내가 깨달았을 때 그 새가 날아갔다. 그는 하늘 저 멀리 사라지는 새를 보며 말했다.

"미안합니다. 급한 일이 생겨서 집에 돌아가야 합니다. 타임머신까지 바래다주고 싶지만 시간이 없군요. 살던 동네니까 잘 찾아갈 수 있을 거라고 생각합니다. 시간이 많지 않으니 서둘러야 할 겁니다. 우리는 이미 만나고 있으니 다시 만나자는 인사는 하지 않겠습니다."

뒷집 할머니의 증손주는 옆 동굴로 들어가 버렸다. 혼자 남겨진 게 당혹스러웠지만 길을 잘 아는 우리 동네이기 때문에 돌아가는 길은 어렵지 않았다.

나는 동네를 돌아다니며 어떻게 변했는지 구경했다. 집들은 사라졌어도 나무들은 여전히 그 자리에 있었다. 새로 생긴 듯한 숲 군데군데 내가 아는 2025년의 오래된 나무들이 버티고 있었다. 개천을 따라 있던 얄쌍한 벚나무들은 몇 배로 두꺼워져 있었다. 슈퍼마켓 옆집의 감나무도 몇 배로 커져 있었다. 은행나무도. 벚나무도. 다 내가 아는 나무들이었다. 나는 나무들에게 인사하며 걸었다. 안녕. 안녕. 여전히 그 자리에 있네.

날 기억하니. 우리 집 토토가 산책길에 맨날 오줌 싸던 나무
야, 안녕. 그 냄새 아직도 가지고 있니.

저 멀리, 우리 집이 있던 바로 그 자리에 타임머신이 보였
다. 그리고 타임머신 옆에 누군가 고개를 숙이고 서서 손짓을
하며 운전자와 말을 나누고 있었다. 나는 그곳을 향해 천천히
걸어갔다. 그런데 갑자기 타임머신에 시동을 걸리더니 그대로
사라졌다. 나는 잘못 본 줄 알고 눈을 비비고 다시 보았다. 역
시나 타임머신은 사라지고 없었다.

"헐, 대박."

2075년에도 여전히 그렇게밖에 말하지 못하는 내가 부끄러
웠지만 달리 할 수 있는 말이 없었다. 헐. 대박. 미쳤다. 미쳤
어. 그러면서 타임머신이 있던 곳으로 걸어가는데 너무 무서
워서 심장이 두근거렸다. 뒷집 할머니가 나를 버리고 갈 리가
없는데. 나는 과거로 돌아가는 길도 모르는데. 이렇게 미래 미
아가 되는 걸까?

타임머신 옆에 서 있는 사람은 몸을 돌려서 나를 정확히 바
라보았다. 내가 다가오길 기다리는 것 같았다. 그래도 물어볼
사람이 있어서 다행이었다. 눈물이 또 흘렀다. 과거에서 온 사
람들은 원래 처음에 많이 운다고 하니 우는 게 부끄러운 일은
아닐 것이다. 나는 울면서 그 사람에게 다가갔다. 가까이에서
보니 내가 아는 사람이었다. 아빠와 꼭 닮은 그 노인이 누군
지 잘 알 것 같았다. 하지만 아는 척을 하면 안 된다는 걸 알

고 있었다. 이 시대엔 그게 불법이라니까. 그가 말했다.

"불법 주차 타임머신 견인차가 오고 있어서 차 빼라고 했어. 안 그러면 엄청난 벌금 고지서를 받거든."

"벌금이 얼마길래. 내면 되잖아요. 그렇다고 나를 두고 가면 어떻게 해요? 우린 전화도 안 되는데?"

나는 울먹이며 말했다.

"벌금 고지서 때문에 엄청난 대가를 치렀어. 또 그럴 순 없어."

"타임머신이 안 돌아오면 어떻게 해요?"

"그런 경우가 가끔 있지. 그래서 유기 시간여행자 보호소가 있어. 타임머신 운전자가 차를 돌리는 중에 사망하거나 타임머신이 고장나면 그런 일이 생기지."

나는 무서워서 통곡하듯 크게 울었다.

"2075년에 사는 것도 나쁘진 않아. 유기 시간여행자 보호소에서 지내다가 입양되어 새 가족을 만날 수도 있거든. 내가 나 자신으로 살 수만 있다면 사실 어느 시간대, 어느 공간대에 살아도 문제가 없지."

그가 위로하듯 말했다.

"그럼 2075년에 내가 두 명이 되잖아요."

나는 그렇게 말하면서 그의 눈을 똑바로 바라보았다. 내 말 뜻을 그도 당연히 알 거라고 생각했다.

"그렇지 않아. 2075년에는 시간의 개념이 달라. 만약에 우리가 같은 이름을 가졌고 같은 부모님에게서 같은 순간에 태어났다고 하더라도 우리는 같은 사람이 아니야. 왜냐하면 우리는 순간순간만을 살아가는 존재이기 때문에. 지금 이 순간 네가 느끼는 거, 감각하고 있는 거, 그게 너지. 너의 이름, 부모님, 사는 곳 그런 건 네가 아니야."

"그러면 도대체 나는 누구예요? 당신은 누구고요?"

"너는 답을 알고 있어."

그때 굉음이 울리며 연기와 함께 사라졌던 타임머신이 바로 그 자리에 다시 나타났다. 나는 차 문을 열었다. 하지만 운전석이 비어 있었다.

하늘 저 멀리서 사이렌 소리가 들렸다. 큰 새가 다가오는 줄 알았는데 견인차처럼 생긴 비행 물체가 이쪽으로 돌진하고 있었다. 그가 급하게 손짓을 했다. 나는 바로 떠나야 한다는 것을 깨닫고 운전석에 올라탔다. 나는 운전을 할 줄 모르는데 이상하게 너무나 익숙하게 시동을 걸고 있었다. 그와 작별인사를 못 했다는 것을 깨달았지만 우리 사이에 인사는 필요가 없을 것이다. 아마.

이번에도 똑같았다. 차가 제자리에서 공회전을 하며 연기가 났고 타는 냄새가 났고 뒤쪽 나무들이 타임머신을 통과해서 앞으로 달려갔다. 그리고 파동 같은 반투명 막들도.

몇 초쯤 후에는 할머니집 차고에 있었다. 나는 문을 열고 차 밖으로 나왔다. 차 안에서 종이가 한 장 떨어졌다. 〈불법 주차 타임머신 벌금 고지서〉. 자세히 읽어 보려고 하는데 글씨가 하얗게 사라지면서 그냥 빈 종이가 되었다. 나는 뒷집 현관문으로 가서 초인종을 눌렀다. 아무런 대답이 없어서 문을 두드렸다. 엄마가 창문을 열고 소리를 질렀다.

"애, 이 밤에 무슨 짓이니. 뒷집 할머니 여행 가서서 거기 빈집이잖니. 얼른 돌아와서 잠이나 자."

나는 계속 초인종을 누르고 휴대폰을 꺼내서 할머니한테 전화를 걸었지만 휴대폰의 전원이 꺼져 있었다.

만약에 이게 소설이었다면 나는 너무 무책임한 마무리라고 생각했을 것이다. 주요 등장인물을 이렇게 사라지게 하면 안 된다. 하지만 나는 그 후로 두 번 다시 뒷집 할머니를 만나지 못했고 타임머신은 그냥 고철덩어리였다. 문도 열리지 않았다. 부모님한테 타임머신 얘기를 했는데, 뒷집 할머니의 아인슈타인 얘기를 듣던 바로 그 표정으로 내 말을 듣는 걸 보고는 두 번 다시는 아무한테도 이 얘길 꺼내지 않았다. 여행을 떠났다는 뒷집 할머니는 일주일이 지나도 돌아오지 않았다. 나는 매일 같이 그 집에 가서 초인종을 누르고 계속 전화를 걸고 급기야 경찰서에 실종 신고를 해야 하지 않겠냐고 부모님에게 말했다. 엄마는 내가 할머니를 그렇게 찾을 줄은 몰랐다며 그제야 할머니의 치매 증상이 심해져서 딸이 요양원으로 모셔 갔다는 얘길 꺼냈다. 요양원의 위치는 알려 주지 않은 채 잘 지내고 계신다고만 했다. 그 집은 오랫동안 빈 집으로 남아 점점 폐허가 되어 갔다.

반면에 원래 폐허 같았던 내 마음은 그 이상한 여행 이후로 풍요롭고 단단해졌다. 나는 그게 꿈이 아니고 정말로 일어난 일이라고 믿고 있지만 사실 꿈이었다고 해도 상관없다. 중요한 것은 그 이후로 내가 다른 사람이 되었다는 것이다. 세상은 조금도 변하지 않았다. 여전히 남자냐 여자냐 물으며 시비 거는 인간들이 있다. 세상이 두 분류로 나뉜다고 믿고, 자신이 평소 알던 세상과 조금이라도 차이가 있으면 안절부절못하는 못난이들은 점점 늘어난다. 그런 못난이들을 보면 세상이 정말로 나아지긴 할까 의심이 들지만, 적어도 내가 변했으니까, 세상에 다르게 생각하는 사람이 적어도 한 명은 늘었으니까 어제보단 나은 세상이 되었다고 믿고 싶다. 그런 못난이들이 시비를 걸거나 말거나 나는 내가 잘 아니까 괜찮다. 나는 나와 잘 지내니까 괜찮다. 나를 이해해 주는 사람이 적어도 한 사람이 있다. 내가 있는 그대로 자연스럽게, 원하는 방식대로 살길 바라고 응원해 주는 사람이 적어도 한 명이 있고 그게 나와 늘 함께 있는 나 자신이라는 사실이 아주 마음에 든다. 나는 열린 마음으로 내가 가장 편하게 존재할 수 있는 최적의 위치를 계속해서 탐색해 나갈 것이고, 나처럼 탐색해 가는 사람이 있다면 그 사람이 편하게 자기 자신일 수 있도록 도와주고 응원해 줄 것이다. 그렇게 한 명씩 늘다 보면 내가 봤던 2075년이 정말로 올지도 모른다. 어쩌면 지금이 바로 그 2075년인지도 모른다.

그리고 나는 이런 생각을 가끔 한다. 나는 운전을 할 줄 모르는데, 시동을 걸 줄 모르는데 어떻게 그렇게 익숙하게 타임머신을 운전해서 과거로 돌아왔을까? 혹시 2025년의 나를 2075년에 두고, 2075년의 내가 대신 타임머신에 타고 과거로 돌아온 것은 아닐지. 어쨌거나 상관없다. 2075년의 나의 말에 따르면 오늘 지금 이 순간 이렇게 생각하고 이렇게 느끼고 있는 게 진짜 나니까. 나는 내가 아주 마음에 든다.

정은   내가 쓴 소설을 읽고 나서, 자신이 원하는 방식으로 존재해도 아무 문제가 없다는 걸 깨닫는 사람이 한 명이라도 있었으면 좋겠다. 살아 있길 잘했다고 느끼고 자유로움을 느끼는 사람이 한 사람이라도 존재하길 바란다. 소설가로서 나의 야망은 그게 전부다. 그래야 종이를 제공해 준 나무한테 덜 미안할 것 같다.

바깥은 준비됐어

김선영

유라를 보는 순간 나는 얼음이 되었다. 급속 냉동이라도 된 것처럼 그 자리에서 한 발짝도 움직이지 못했다. 그런 내가 마음에 들지 않았지만 다리와 팔은 내 의지와 무관하게 뻣뻣해졌고 심장은 사납게 쿵쾅거렸다.

하필이면 같은 반이라니. 유라는 나를 알아보지 못하는 눈치다. 4년이 지났건만 유라에 대한 내 감정은 그때 그 자리에 박제되어 있다가 순식간에 되살아난 것 같았다.

이런 상황을 두고 똥 밟은 것도 모자라 그 위에 엎어진 격이라고 하는 것일까. 진즉부터 조짐이 좋지 않았다. 내가 사는 곳과는 정반대의 학교에 배정되는 것은 확률로 치면 5천분의 1이다. 내가 그 1이 될 줄이야. 희망 순위에도 쓰지 않은 학교로 배정된 것이다. 울고 싶었다. 낯선 동네 낯선 아이들, 눈에

익은 아이 하나 없는데 유일하게 낯익은 얼굴이 오유라라니.

학교 갔다 온 첫날, 엄마에게 학교에 가지 않겠다고 했다. 아는 아이가 아무도 없어서 밥도 혼자 먹었다고 말했다. 엄마는 말 같지도 않은 말을 한다는 식으로 간단하게 대꾸했다.

"사귀면 되지."

어마어마한 경쟁률을 뚫고 유명 사립고에 입학한 사촌과 비교하며 엄마는 엄살 떨지 말라고 했다. 그 학교는 산골에 있어서 해외 유학 간 거나 마찬가지라고 했다.

"그건 지가 원해서 간 거잖아. 나는 강제 배정이고."

엄마는 들은 체 만 체 안방으로 들어가 버렸다.

오늘도 아침이 왔다. 정말 싫다. 이렇게 매일 아침 눈이 떠진다는 게 절망스럽다. 주방에서 소리가 난다. 어쩐 일이지? 휴가인가? 엄마는 출근 시간이 빨라 늘 나보다 먼저 집을 나선다. 나는 혼자 일어나고 혼자 밥 먹고 혼자 학교에 간다. 잘 다녀오라는 인사를 받은 적도 없고 다녀오겠습니다,라며 인사한 적도 없다. 휴가라고 하더라도 엄마는 식탁에 밥상을 차려 놓은 뒤 잘 때가 대부분이다. 그런데 오늘은 좀 달랐다.

"무슨 일?"

주방에서 분주히 손을 놀리는 엄마의 등에 대고 물었다.

"휴가."

엄마는 돌아보지 않고 말했다. 엄마의 등은 늘 지쳐 보인다.

어디 등뿐이랴, 뒤돌아서면 엄마의 얼굴엔 피곤이 덕지덕지
묻어 있을 것이다.

나는 엄마의 뒷모습을 보는 순간 결심했다. 오늘은 결판을
내리라고.

"엄마."

엄마는 여전히 주방에서 뭔가를 하고 있다. 음식을 하는 것
같진 않은데 손놀림은 쉬지 않았다.

"뭐 해?"

내가 재차 말을 걸어도 엄마는 돌아보지 않았다.

"학교 안 늦어?"

등 너머로 무심히 목소리만 넘어올 뿐 엄마는 돌아보지 않
았다.

"할 말 있어."

"나중에 해."

"나중에 언제? 얼굴을 볼 수가 없는데. 좀 얼굴 보면서 얘기
하면 안 돼?"

엄마가 뒤돌아섰다. 두 눈이 붉었다.

"무슨 일이야?"

내가 흠칫 놀라 물었다.

"빨리 학교나 가라니까."

엄마는 울음 묻은 목소리로 말하며 내 눈을 피했다.

"지금 학교가 중요해?"

"응, 중요해. 시끄러우니까 빨리 나가."

"나, 학교 안 간다고 했잖아."

"뭐라고?"

엄마는 손에 들고 있던 그릇을 개수대에 집어 던진 뒤 나에게 달려왔다. 엄마의 기습에 움찔하며 놀랐지만 몸을 피하지 못했다.

엄마의 손바닥이 내 등과 머리로 맵차게 날아왔다.

"왜 너까지 이래? 왜 너마저 나를 가만히 두지 않는 거냐고오!"

엄마는 소리를 지르며 거칠게 내리쳤다. 엄마의 손길이 거셌다. 내 몸이 바닥을 향해 훅훅 꺾일 정도였다. 그 순간, 나보다 더 심각한 건 엄마일지도 모른다는 생각이 들었다. 그래서 놀랍긴 하지만 화가 나진 않았다. 이상하게 시원하다는 생각이 들었다. 가려운 곳을 찰싹 때렸을 때의 시원함과 비슷했다.

지친 듯 엄마의 숨소리가 느려졌다. 그제야 나도 등짝이 얼얼하도록 화끈거린다는 걸 알았다.

"아우, 아파! 그만 때려!"

돌아서 엄마의 손목을 잡고 소리쳤다. 엄마는 한풀 꺾인 듯 숨을 거칠게 뱉었다. 엄마는 내 손을 뿌리친 뒤 방으로 들어가 버렸다. 어쨌든 학교 가라는 말은 더 이상 하지 않았다.

방으로 돌아와 침대에 멍하니 앉았다. 등교 시간은 이미 늦었다. 지금 간다 하더라도 지각 처리될 것이다.

교복을 입고 집을 나섰다. 학교 쪽으로 가지 않았다. 학교에 가려면 버스를 타고 중간에 내려 다시 환승한 뒤 오르막길을 한참 걸어야 한다. 최악의 등굣길이다. 등교 시간이 버스로 한 시간이라니. 대부분의 아이들은 10분에서 20분 정도면 걸어 올 수 있는 거리에 산다. 나만 이방인 같은 기분이 들었다. 까만 바둑돌 속에 흰 돌 같은 느낌이라고 해야 하나. 거기다 돋을새김한 듯 유난히 불거져 나와 있는 오유라까지. 오유라는 검은 돌 중에서 유독 크고 빛나서 어디서든 눈에 띄었다.

언젠가 걷고 싶었지만 바라보기만 했던 천변으로 향했다. 천변에는 자전거 도로와 보행로가 있고 하천 가까이에 억새밭이 있다. 억새밭 너머에 하천이 흐른다. 하천에 가로놓여 있는 징검다리를 건너 보고 싶었다. 멀리서 보았을 때 지극히 평화로운 장면 속의 한 사람이 되고 싶었다. 비로소 오늘에야 그 시간에 맞닿은 것 같았다. 아침 해에 물살이 비늘처럼 반짝거린다. 한 번도 쉰 적이 없는 것 같은 숨 가쁜 소리를 내며 아래로 흘러간다. 참 바지런해 보였다. 멀리서 보는 것과 가까이 보는 사물은 이렇게 다를 수 있구나, 생각했다.

징검다리에 발을 올렸다. 징검돌과 징검돌 사이에는 물살이 더욱 세찼다. 휘청, 어지러웠다.

그래, 유라와 가까워진 건 징검다리 때문이었다.

유라와는 초등학교 6학년 때 같은 반이었다. 누구나 선망하는 아이였다. 화려한 외모에 화려한 집안, 공부 또한 잘했다.

아주 밝은 성격이었고 누구나 사귀고 싶어 했다. 나도 유라와 사귀고 싶어 하는 아이 중 한 명이었다. 멀리서 바라본 유라는 늘 여러 아이들에 둘러싸여 있어서 내가 비집고 들어갈 틈이 없었다.

학교 근처 생태 공원으로 체험 학습을 간 적이 있다. 유라가 습지 돌다리를 건너다가 발을 헛디뎌 물에 빠졌다. 때마침 내가 가까이 있었다. 꼭 유라가 아니었어도 그렇게 잽싸게 달려가 손을 내밀었을까 싶을 정도로 나는 재바르게 움직였다. 당황하거나 허둥대는 것 없이 손을 내밀었다. 유라의 몸이 진흙 속으로 쑥쑥 들어가는 것처럼 보여서 얼른 꺼내야겠다는 생각만 했다. 시커먼 진흙으로 엉망이 된 유라는 더 이상 활동할 수가 없었다. 집으로 가도 좋다는 선생님의 허락을 받고 공원을 나설 때 유라는 빙 둘러선 아이들 중, 나와 같이 가겠다고 했다. 그러자 선생님은 내 의사 같은 건 묻지도 않고 그러라고 했다. 선생님은 나를 하나도 중요하지 않은 사람처럼 대하는 것 같았다. 순간 나는 존재감이 없다는 생각이 들었다. 몇 학년 몇 반 몇 번, 숫자로만 존재할지도 모른다는 생각이 들었다. 사람들 눈에 나는 어떻게 보이는 걸까. 보이긴 하는 걸까.

공원을 나서자 유라 엄마가 새 옷을 가지고 와 있었다. 기사 딸린 고급차에 아주 우아한 차림새였다. 유라 엄마가 나에게 체험 학습을 다 하지 못해서 어쩌냐고 했다. 데려다줄 테니 다시 돌아가고 싶으면 가라고 했지만 나는 고개를 저었다. 체험 학습보다 유라와 함께 있는 게 더 좋았다. 내 의향을 물어 주는 것만으로도 기분이 좋아 더욱 같이 있고 싶었다. 근사한 이탈리안 식당에서 점심을 먹은 뒤 우리 집까지 태워다 주며 유라 엄마는 고맙다는 말을 여러 번 했다. 끊임없이 말을 걸어 주고 공통된 화제로 이야기를 끌고 가는 유라 엄마는 그다지 말이 없는 우리 엄마와는 달랐다. 우리 엄마는 늘 우울감을 앓는 사람처럼 어둡고 가라앉아 있다.

나는 그날 꿈을 꾼 것처럼 기분이 좋았다. 유라와 이렇게 급 가까워지다니, 하늘이 내린 아주 운 좋은 날이라고 생각했다. 그 뒤 유라와 나는 단짝이 되어 지냈다.

얼마 뒤, 유라와 나를 두고 시녀를 대하는 공주, 공주를 모시는 시녀 같다는 말이 도는 걸 알았다. 그래서 유라는 공주가 아니라며 울었고 나는 그런 유라에게 아무 말도 하지 않았다. 그날 유라와 나는 한마디도 나누지 않았다. 그날 밤 유라에게 손 편지를 썼다. 아무것도 신경 쓰지 말자고. 너와 내가 아니면 그만이지, 나는 주변의 그딴 말에 신경 쓰지 않는다고 했다. 뭐 대충 그런 내용이었다. 지금 뭐 그렇게 자세하게 기억나지도 않고 기억하고 싶지도 않다. 그날 밤 편지를 썼던 시간을 지우고 싶었으니까.

편지를 읽은 유라의 반응을 전해 준 건, 얼마 전까지 유라와 가장 가깝게 지낸 태리였다. 중요한 건 태리와 주변 아이들이 돌려 가며 내 편지를 봤다는 것이고 그런 뒤 유라가 그 편지를 쪽쪽 찢어 쓰레기통에 눈처럼 뿌렸다는 얘기였다. 그 순간 유라가 소름끼치게 무서웠다. 유라 못지않게 무서운 건 그런 얘기를 눈 하나 깜짝하지 않고 나에게 조곤조곤 일러바치는 태리였다.

그런 속내를 감추고 아무렇지 않게 내게 말을 하려는 유라가 위선적으로 보였다. 그 뒤 유라와 눈이 마주쳐도 내가 먼저 피했다. 유라를 좋아했던 만큼 싸늘해지는 마음을 걷잡을 수 없었다. 2학기가 되자 유라는 우리 동네와는 정반대에 있는 신도시로 이사하며 전학을 갔다.

그로부터 4년이 지났다. 유라는 여전히 예쁘고 여전히 인기가 많으며 여전히 공부를 잘했다. 그에 비해 나는 친구 하나 없는, 심지어 같은 학교 출신조차 없는 신세이고 성적도 그저 그렇고 외모도 백도 그저 그런 여전히 존재감이 없는 몇 학년 몇 반 몇 번의 숫자로만 존재하는 아이다. 더군다나 고층 아파트 한가운데에 있는 이 학교는 귀족 학교로 소문날 만큼 재력이 상당한 집안 아이들이 많았다. 그 소문만으로도 기가 죽고 긴장되었다.

학교에 가기 싫은 이유를 대라고 하면 백 가지도 넘게 댈 수 있다. 그런데 엄마는 한 가지도 인정해 주지 않는다. 엄마는 엄마대로의 무게로 힘들어하는 것 같다.

징검다리를 건너 둑길을 따라 걷다 공원으로 향했다. 탁 트인 곳으로 가고 싶었다. 공원이 생각보다 무척 넓어서 놀랐다. 한때 쓰레기 매립장이었다는 것이 믿기지 않을 정도로 근사했다. 희귀한 나무도 많았고 테마별로 산책길도 있다. 노을을 볼 수 있는 명소라고 하여 노을길, 소나무 숲길이라 하여 솔바람길, 여름부터 잠자리가 이동하는 공간이라 하여 나래길. 팻말 하나하나를 읽으며 천천히 걸었다. 급할 것도 서두를 것도 없는 그렇다고 딱히 갈 곳이 있는 것도 아닌, 그저 오늘 하루의 시간을 죽이면 되는 날이다. 이 넓은 곳에 아무도 없다니. 무섭다기보다 나 혼자 차지했다는 생각에 우쭐한 기분이 들었다. 손바닥을 펼쳐 이제 막 연둣빛 새순을 내밀고 있는 단풍나무 잎사귀를 쓸어 보았다. 보드라웠다. 손끝이 살살살 간지러웠다.

잣나무 숲 아래 벤치에 앉았다. 아직은 서늘했다. 눈을 감았다. 솔잎 냄새가 났다. 이런 걸 피톤치드라고 하는 모양이다. 피톤치드는 오전 10시부터 12시 사이에 가장 많이 나온다는데 오늘처럼 일탈하지 않으면 이 시간에는 죽어도 맡지 못할 거라는 생각에, 더없는 특권을 누리는 것 같았다.

나는 아까부터 절로 시간을 헤아리고 있다. 지금 1교시 끝났겠네, 2교시도 지났고 지금쯤 3교시가 끝났겠다. 배고플 시간이다. 4교시가 끝나면 급식을 하겠지.

내가 학교에 가지 않았는데 나를 찾는 이가 없다. 아무도 어디냐고 왜 학교에 오지 않느냐고 물어오지 않는다. 휴대폰에서는 그 흔한 스팸 전화도 스팸 문자나 카톡 광고 알람도 울리지 않는다.

나는 멍하니 앉아 오솔길 건너에 빼곡하게 심어져 있는 잣나무를 본다. 어렸을 때 나무 나이 세는 법을 알려 주던 아빠의 목소리가 들리는 듯했다.

'자, 봐 봐. 잣나무는 마디가 딱딱 떨어지게 가지를 뻗어. 가운데 있는 나무둥치의 간격을 세면 대략의 나이를 알 수 있지. 1년에 한 마디씩 자라는데 끝에는 바퀴살처럼 가지를 사방으로 뻗어 나간단다. 자랄 때마다 가지를 넓혀 가는 건 나무나 사람이나 똑같지 않니? 한 살 한 살 나이를 먹을수록 넓어져야 하는 이치와 비슷한 거지.'

나는 그때마다 그 말이 좀 의아스러웠다. 그런 건가? 나는 넓어지고 있는 건가? 나도 넓어질 수 있는 건가? 나는 자라고 있는 게 맞긴 맞나?

그 이후 나도 모르게 잣나무만 보면 나이 세는 버릇이 생겼다. 대개 내 나이와 비슷했다. 그때도 그랬는데 지금도 그렇다. 그게 참 신기하다. 묘목 시기를 3~5년 정도로 잡고 가지를 뻗어 간 마디 수를 센다. 셋, 넷, 다섯, 여섯, 일곱, 여덟, 아홉, 열, 열하나, 열둘, 열셋, 열넷, 열다섯, 열여섯, 열일곱. 딱 내 나이만 한 나무들이 숲을 이루며 자라고 있다. 똑같은 묘목으로 똑같이 자란 잣나무 숲은 운동장에 줄지어 선 아이들

같았다. 나이는 똑같이 먹지만 자라는 게 달라서 들쑥날쑥 차이가 나는 거처럼 잣나무 숲도 똑같아 보이지만 같지 않았다. 숲 안쪽 그늘에 가려 잘 자라지 못하고 기죽어 있는 듯한 나무가 있다. 꼭 나를 보는 것 같았다. 아무리 까치발을 하고 바깥을 보려고 해도 보이지 않는, 이미 금수저들이 좋은 위치는 다 선점하여 있는지조차 모르게 사라질 것만 같은 위기감이 드는 나무였다.

공원의 오솔길을 샅샅이 돌아도 해는 아직 중천에 있다. 나는 오늘 여기서 꼭 노을을 볼 테다.

배가 고팠다. 매점으로 향했다. 아주머니 한 분이 졸다가 나를 보고 말했다.

"너, 학교 안 갔구나?"

학교에 가지 않는 걸 범법자 취급하는 저 말투. 웬 오지랖? 남이 학교에 가건 말건. 나는 대꾸 없이 진열대 쪽으로 돌아섰다. 컵라면을 먹으려고 들어온 건데, 1초라도 더 머무르고 싶지 않았다. 칼로리 높은 비스킷을 들고 계산대에 내민 뒤, 창밖으로 고개를 돌렸다. 더 이상 말을 붙이지 말라는 신호였다. 그러거나 말거나 아주머니는 한숨을 쉬며 기어코 한 소리 했다.

"에휴, 그래 뭐 하루 학교 안 간다고 지구가 멸망하겠니? 깃털같이 많은 날, 하루쯤 땡땡이친다고 하여 인생이 어떻게 되지는 않지. 그렇다고 뭐 일상이 크게 달라질 것도 없고."

아무리 귀를 닫고 안 들으려고 해도 아주머니의 말이 귀에 쏙쏙 박혔다. 지구 멸망 뭐 이런 데에서는 하마터면 나도 고개를 끄덕일 뻔했다. 땡땡이라는 단어에서는 심장이 쫄깃하게 수축하는 것 같았고, 학교 하루쯤 안 간다고 하여 일상이 바뀌겠냐는 말도 이상하게 공감 백 퍼센트였다.

비스킷 곽을 거칠게 잡아채어 매점 밖으로 나왔다. 나름 불쾌한 기색을 표한 건데 아주머니는 그러거나 말거나 내 등 뒤에 대고 소리쳤다.

"저녁은 집에 가서 먹어."

진짜 오지랖이시네. 굶든 말든.

이곳도 올 곳이 못 되는 것 같다. 저 아주머니 덕분에 올 곳이 한 군데 줄었다. 그래도 노을은 보고 갈 참이다.

유난히 노을을 좋아했던 아빠를 따라 해질녘 같이 나선 적이 있다.

"아빠는 왜 그렇게 노을을 좋아해?"

"예쁘잖아, 멋있고. 넌 안 그래?"

"응. 불타는 것 같아서 좀 놀랍긴 한데, 난 그냥 그래."

"하늘은 하루도 같은 날이 없는 것 같아. 노을도 그렇겠지? 무엇보다 아빠는 노을을 보면 삶이 보이는 것 같아."

"응? 그게 뭐야?"

"우리 인서한테는 아직 어려운 말인데 그냥 인생이 보이는 것 같아. 그래서 숙연해지기도, 잘 살아 보고 싶기도 하고 그래."

아빠는 그래서 그렇게 좋아하던 노을 따라 엄마와 내 곁을 일찍 떠났나 보다.

나는 오늘 노을을 보며 그때 아빠가 말했던 삶이 뭔지, 인생이 뭔지 생각해 볼 참이다.

노을길로 들어섰다. 조금 있으면 해가 저 산등성이로 넘어갈 모양이다. 노을길 앞에는 넓은 강이 흐르고 강 건너 서쪽에는 야트막한 산이 있다. 하늘은 연보랏빛으로 번져 바탕색을 이미 깔아 놓았다. 조리개를 조여 초점을 맞추듯 눈을 가늘게 뜨고 하늘을 올려다보았다. 붉은 빛살이 저 멀리서부터 퍼졌다. 오늘 아침, 엄마의 붉은 눈시울이 생각났다. 그렇게 두들겨 맞고 나오고서는 한 번도 생각나지 않았는데. 심장이 내려앉는 것 같았다. 사는 건 뭘까? 막연히 그런 생각이 들었다. 아빠가 말한 인생이 보인다는 말이 이런 걸 말하는 걸까.

매점 아주머니의 말이 생각났다. 저녁은 집에 가서 먹어, 하던. 집으로 향했다. 학교를 그만둘 건데 학원은 다녀서 뭐 하나. 괜히 엄마만 힘들게 한다는 생각이 들어서 더욱 단단히 마음먹고 엄마랑 담판을 지을 생각이다. 학교를 그만두면 뭐 할 거냐고? 그런 대책이 있으면 내가 학교를 그만두겠나. 당분간은 아무것도 하고 싶지 않다. 그것뿐이다.

엄마가 부스스한 머리로 방에서 나왔다. 하루 종일 잤어도 피곤은 엄마의 어깨에서 떨어져 나가지 않았다. 엄마는 TV를 켠 다음 말없이 빨래를 개켰다.

"어디 갔다 왔니?"

엄마의 시선은 TV에 있다.

"어? 응, 학교 안 간다고 했잖아."

"그러니까 이제껏 어디에 있었냐고?"

"그냥 여기저기."

나는 엄마 등 뒤 소파에 앉으며 말했다. 엄마가 달려들어 때려도 할 수 없다. 나는 완벽히 엄마의 손바닥 사정거리 안에 있다.

"정말 학교에 안 갈 거야?"

엄마는 체념한 듯 낮은 목소리로 물었다. 나는 대답하지 않고 TV만 바라보았다.

며칠 전 실종된 고3의 시신이 발견됐다는 속보가 흘러나왔다. 엄마는 빨래 개키던 손을 멈추었다. 학교를 나선 뒤 마을버스를 타고 지하철역 입구를 지나 번화가를 허위허위 걸어가는 모습이 CCTV 속에 고스란히 담겨 있는데 중간에 사라진 것이다. 행방을 알 수가 없어서 실종으로 처리되고 계속 수색 작업을 벌인다고 하였다. 전화기는 꺼 놓은 상태로 학교 사물함에서 발견되었다. 전화기를 놓고 학교를 나설 때는 어떤 심정이었을까. 학교 앞 노점에서 교통카드를 충전할 때는 방금 전과는 반대의 심정이지 않았을까. 서점에 들러 과목별로 문제집을 살 때는 다시 한번 잘해 보겠다는 결심이지 않았을까. 집과는 반대 방향 버스를 타고 교통카드를 태그하지 않고 현금으로 요금을 낼 때의 최종적인 결론은 결국 끝내자는 것이었을까. 산 속으로 향할 때도 세상 누구 하나 손짓하지 않았다는 얘기인가. 전화기만 있었어도, 그 순간 누군가가 보낸 메시지 하나만 있었더라도, 한 통의 전화만 왔더라도 결과는 달라지지 않았을까.

엄마는 TV를 끈 뒤 나를 돌아보며 말했다.

"내일 여기 한번 가 봐. 다른 데 가지 말고."

엄마가 하얀 명함 한 장을 내밀었다. 나는 물끄러미 명함을 내려다보았다.

쉼 · 숨 · 숲

시옷의 숲이야 뭐야.

앞면에는 세 글자 외엔 아무것도 없다. 뒷면에는 주소와 손으로 그린 약도가 있다.

엄마는 지금 무슨 상상을 하고 있는 거지? 혹시 나도 저렇게 될까 봐 겁먹은 건가?

"여기가 어디야?"

당황한 건 나였다. 내가 학교를 가지 않아도 된다는 것을 전제하고 하는 행동 아닌가. 엄마의 마음이 짚이지 않았다. 악

다구니를 하며 손찌검을 하던 아침과 너무나 다른 수그러진 목소리였다.

"학교에는 아파서 며칠 쉬어야 할 거 같다고 했다. 전화기도 안 가지고 나가고."

엄마 손에 들린 내 전화기를 보고 화들짝 놀랐다. 가방을 뒤져 보니 전화기가 없다. 어쩐지 스팸 알람도 울리지 않더라니. 엄마의 마음을 설득한 건, 아니 겁먹게 한 건 전화기를 놓고 나간 것이 결정적일 수도 있겠다는 생각이 들었다.

"내일 여기 안 갈 거면 학교 가."

"아, 알, 알았어."

검색해 보았다. 심리상담 센터였다. 구도심 카페 거리에 있는 나름 SNS 성지 같은 핫 플레이스에 있다. 이곳도 언젠가 한번은 가 보고 싶은 곳이다.

오래된 주택이 언덕을 따라 즐비했다. 골목마다 벽화가 있고 한 집 건너 작은 음식점이나 카페가 있다.

어제 받은 명함을 크게 확대해 놓은 것 같은 간판이 보였다. 하얀 간판 위에는 거두절미, '쉼·숨·숲' 세 글자만 까맣게 쓰여 있다. 시옷의 숲은 앞이 툭 트인 언덕에 있다. 작은 목조 건물 2층이다.

아무도 없다. 문을 활짝 열어 놓았는데 인기척이 없다. 카페는 아닌 것 같은데 카페 같은 분위기이다. 몇 개의 방이 있고

방마다 책이 있다. 거실 중앙에는 타원형의 원목 탁자가 길게 놓여 있다. 탁자 위에는 그림책이 펼쳐져 있고 그 장면을 따라 그리다 만 것 같은 그림 한 장이 놓여 있다. 여러 개의 연필색연필이 어지러이 나와 있는 걸로 봐서 방금 전까지 누군가 그림을 그리다 나간 것 같다. 책상 위에는 엽서 크기의 하얀 아트만지가 쌓여 있다. 열린 창 사이로 바람이 불어오고 하얀 리넨 커튼이 나부끼고 있다. 언덕 아래에는 모형 같은 작은 집들이 올막졸막 붙어 있다. 주택의 지붕은 모양과 색깔이 제각각이다. 퍼즐 조각을 맞춰 놓은 것처럼 아귀가 �꽉 맞물려 보인다. 그와 반대로 하늘은 어떤 장식도 거부한다는 듯 푸른빛 일색이다. 이렇게 선명한 날도 있던가. 아트만지를 가져다가 다닥다닥 붙어 있는 지붕 선을 그렸다. 나는 그림 그리는 것을 좋아하는 편이다. 그냥 끼적끼적하는 정도이다. 잘한다고 칭찬받은 적도 없어서 내세우기도 애매하다. 연필의 까만 선이 아트만지에 거칠게 그어질 때마다 이상하게 쾌감이 일었다. 연필과 아트만지의 마찰이 기분 좋았다. 흑연 가루가 아트만지의 울퉁불퉁한 면에 닿는 것이 그대로 느껴질 때 나는 소리와 연필 냄새가 좋았다. 어디를 가도 뾰족하게 나를 찌르는 것 같은데 이 공간만은 나를 둥그렇게 감싸는 것 같았다. 지붕의 면마다 색을 달리하며 칠했다. 연필색연필의 파스텔 색감이 면을 채워 갔다. 그림 속의 세상은 파스텔 톤으로 부드럽고 가벼웠다. 윗부분에 하늘색을 칠할 때 누군가 계단

올라오는 소리가 들렸다. 나는 그리다 만 엽서를 옆으로 밀어 놓은 뒤 입구를 바라보았다.

나이 지긋한 아주머니 한 분이 들어왔다.

"오, 조인서 맞지? 와 줘서 고맙네."

내가 올 줄 알고 있었다. 고맙다니, 엄마가 무슨 말을 어떻게 한 것일까. 나는 엉거주춤 일어나서 인사를 했다. 엄마는 이분과 어떻게 알게 되었을까. 상담 선생님의 전형적인 분위기와는 다르다. 생글생글 과하게 친절하거나 웃지도, 그렇다고 넘겨짚으며 아는 체하지도 않았다. 그냥 담백했다.

"뭐 하고 있었어?"

그의 눈길이 책상 위로 향했다. 색을 칠하다 말아서 하늘이 하얗게 비어 있는데 마치 그게 하얀 뭉게구름처럼 보이는, 내가 그린 그림이었다.

"오, 솜씨가 좋은데? 여기서 내려다본 바깥 풍경이네."

벌써 스캔을 한 모양이다. 나는 쑥스러워 고개를 움츠렸지만 솔직히 기분 나쁘지 않았다. 그렇지만 경계의 눈초리와 낯선 사람을 만났을 때의 엉거주춤한 태도는 풀지 못했다.

"봐, 한눈에 알아봤잖아. 그럼 솜씨 좋은 거 아니야?"

보기보다 말이 많을지도 모른다는 생각이 들었다.

"나는 서수미, 줄여서 숨샘이라고도 하고 숲샘이라고 부르기도 해."

숲샘이 손을 내밀었다. 나는 얼결에 손을 잡았다. 손이 물컹

90

하니 부드러웠다.

숲샘이 살짝 웃으며 말을 이었다.

"보여 줄 게 있어. 잠깐 와 볼래?"

방금 전에 내다봤던 창 바로 옆에 또 하나의 너른 창이 있
다. 그가 하얀 리넨 커튼을 젖혔다. 화분을 올려놓을 정도의
난간이 밖으로 돌출되어 있는데 그 사이를 덮은 박스가 보였
다. 그가 박스를 들어 올렸다.

"와."

외마디 소리가 절로 나왔다.

박스 아래에는 창백하게도 푸른 하얀 알이 있다. 나뭇가지,
깃털, 빨대, 전기줄, 철사 조각, 나무젓가락, 심지어 플라스틱
빗으로 된 둥지 위에.

"이게 뭐예요?"

"비둘기 알."

숲샘이 어때 놀랐지? 하는 표정으로 나를 바라보았다.

"비둘기가 낳은 거예요?"

"응. 얼마나 된 건지는 모르겠어."

"신기하다."

"나도 그래."

"근데 왜 박스로……."

"방금 전에 고양이 한 마리가 글쎄……."

"아……."

나는 고개를 끄덕이며 뒷말을 붙이지 않아도 알겠다는 표정을 지었다.

"그래서 급한 대로 보호 장치가 필요할 것 같아서 나갔다 왔는데 마땅한 게 없네."

우리 집도 에어컨 실외기 위에 비둘기가 알을 낳은 적이 있다. 며칠 다니러 온 할머니가 청소를 하다가 내 눈치를 슬쩍 본 뒤 말 한마디 없이 빗자루로 쓸어 내었다. 휙, 비둘기 알은 1층 바닥에 찰싹 떨어졌다. 내 머리가 탈싹 깨지는 것 같았다. 아주 매운 것을 먹었을 때처럼 종일 배가 쓰렸다. 울상을 짓고 있는 나를 보던 할머니는 이런 게 들어오면 집이 얼마나 지저분해지는지 너는 모른다, 비둘기 똥 때문에 아래층에서 항의가 말도 못 하게 들어올 거라면서 울 거 없다고 딱 잘라 말했다. 퇴근하고 돌아온 엄마에게 할머니의 만행을 일러바쳤지만 엄마의 표정은 아무런 변화가 없었다.

숲샘이 말했다.

"비둘기 엄마, 아빠가 번갈아 품어 주니까 드나드는 데에는 문제가 없어야 할 것 같고, 야생 고양이는 호시탐탐 노리고. 고민이야, 고민. 좋은 방법이 없을까?"

비둘기 부부가 먹이를 구하러 나간 새 고양이 손을 타면 끝장이다. 할머니가 빗자루로 휙 쓸어 냈을 때와 다를 바 없게 된다. 그렇다고 망을 씌우거나 집을 만들면 비둘기가 알을 품지 못할 테고. 알을 품을 때도 야생 고양이는 비둘기에게 위협일 것이다.

"보초를 서야 할 것 같은데요?"

창백하고 푸른 두 개의 알을 보며 내가 말했다.

숲샘은 방울토마토레모네이드가 든 유리잔에 얼음을 넣은 뒤 건네며 말했다.

"보초를? 24시간 보초를 설 수는 없잖아."

"비둘기가 알 품으러 올 때는 박스를 열어 주고요, 그러지 않을 때는 덮어 주는 식인데 되도록 눈을 떼지 말아야 할 것 같은데요."

"나 혼자는 자신 없는데. 난 강의도 있고 상담 스케줄도 많거든."

"제가 당분간은……."

어쩌자고 일을 벌이는지 모르겠다. 정말 마음에서 우러나온 말인지 나도 내 마음이 궁금했다. 그런데 이거 하나만은 확실했다. 두 번 다시 탈싹 깨지는 것을 보고 싶지 않았다.

"호호호, 당분간? 그래, 일단 그래 보자. 보초를 서는 식으로? 여기 오는 회원들에게 도움을 청해 봐야겠다. 그렇게 시간을 나누어 기다리면 되겠지?"

나는 비둘기 알의 부화 기간을 검색했다. 약 2~3주 정도다.

숲샘과 나는 창가를 향해 앉아 그림을 그렸다. 두 개의 비둘기 알을 그렸다. 나는 창백하고 여린 푸른빛이 도는 색을 칠했다.

"자, 오늘은 여기까지."

숲샘이 시계를 보며 말했다. 나도 시간을 확인하고 놀랐다.

"보초병이라는 거 잊지 마. 두 생명이 네 손에 달려 있다."

갑자기 가슴이 갑갑해졌다. 책임감이라는 게 이런 것일 수도 있구나. 엄마도 나를 볼 때마다 이런 심정일까.

"나는 내일 강의가 있어. 그사이에 저 창백하고 여린 것들에게 무슨 일이 생기면 안 되지 않겠니?"

나는 고개를 끄덕인 뒤 나무 계단을 내려와 바깥에 섰다. 바람이 불었다. 아무것도 한 게 없는 것 같은데 이상하게 마음이 텅 빈 것 같지는 않았다.

엄마가 왜 여기로 보냈는지 모르겠다. 상담해 준 것도 없다. 학교는 왜 안 갔냐? 등등 취조하는 식으로 물어 오면 어쩌나 단단히 마음의 준비까지 하고 왔는데. 어쨌든 내일부터 학교 아니어도 갈 곳이 생겼다. 그것 때문인지도 모르겠다.

엄마는 아무것도 묻지 않았다. 내가 그곳에 간 것만으로도 마음을 놓는 눈치였다. 다른 데보다 안전할 테니까.

언덕길을 오를 때 목덜미에 땀이 났다. 어제와 다른 이 봄빛은 또 무엇을 다르게 만들고 있을까.

오늘도 숲샘은 없다.

창가로 가서 박스를 들춰 보았다. 두 개의 알은 무사했다. 어제와는 빛깔이 조금 달라진 것도 같다. 조금 더 단단해졌다고 해야 하나, 둥지도 구멍이 덜했다. 나뭇가지도 깃털도 늘었다. 나는 아트만지에 그림을 그린 다음, 알에 흰색을 칠했다.

돌아온 숲샘이 잠시 후 그림책 한 권을 내밀었다. 설마 내가 고등학생인 걸 모르는 건 아니겠지?

"그림으로 표현해 보면 좋을 것 같아서. 이 그림책 속의 주인공처럼 말이야."

"뭘요?"

"엄마 하면 떠오르는 동물을 그림으로 그려 볼래?"

"네?"

엄마라는 말에 내 현실이 눈앞에 훅 들어오는 느낌이었다.

"근데 엄마와는 어떻게 알게 되신 거예요?"

"친구."

"엄마한테 선생님 얘기는 못 들었는데요?"

"엄마도 다 말하지 않는 것이 있겠지? 이제는 말할 때가 되어서 인서를 나한테 보낸 것일 수도 있고."

이제는 말할 때가 되어서? 엄마는 나에게 무엇을 말하려는 것일까. 엊그제 내 등짝을 사정없이 후려칠 때, 왜 너마저 나를 가만히 내버려 두지 않느냐고 했다.

엄마를 동물로 표현해 본다면? 한 번도 생각해 보지 않았다. 그런데 떠오르는 건 있다. 박쥐, 그래 박쥐다. 날짐승과 네발 달린 짐승 사이를 유리한 대로 왔다 갔다 하는 배신자가 아니라 동굴 속으로 숨어드는 모습이 떠올라서이다. 박쥐의 날카로운 울음소리와 함께. 엄마는 내게 어둡거나 날카롭거나 이다.

숲샘은 내가 그린 그림을 보며 혼잣말처럼 말했다.

"제 안의 그림자로 세상을 본다는 말이 있어. 아마 우리 모두 그럴 거야. 누구나 버겁지 않을까 겁도 나고. 이게 뭔가 싶기도 하고."

무슨 말을 하는지 모르겠다.

"이 그림, 엄마한테 보여 줘도 될까?"

"아뇨."

난 단박에 안 된다는 말을 붙였다.

"그래? 알았어. 내일도 보초 서러 올 거지?"

"네? 네. 가면 되나요?"

오늘도 뭐 별로 한 게 없다. 비둘기 알을 지키고 그린 다음, 박쥐를 그린 게 다이다. 그런데 마음 한구석이 시원해진 것도 같았다. 특히 박쥐를 그릴 때 그랬다.

숲샘 SNS에 비둘기 알 사진과 글이 업데이트 되었다.

한 생명이 우리 눈앞에 있기까지는 우주가 움직인 것이 아닐까 한다. 아니, 우주의 허락이 있어야 하지 않을까 싶다.

알을 낳은 비둘기 엄마, 아빠가 일등공신이겠고 4월의 바람,

햇빛, 나무. 둥지가 되어 준 말라 떨어진 나뭇가지, 쓰레기 더미 위 비닐 끈, 거리에 나뒹구는 빨대, 전선 조각들. 밤과 낮, 너와 나, 그리고 숲 회원 친구들이 보초 서 준 시간들. 야생 고양이조차도 생명을 지키는 데 필요한 긴장성을 가미해 주었다고 생각한다.

생명의 힘은 우리가 생각하는 것보다 더 셀지도 모른다. 겁먹지 말자.

친구 J에게 숨이

침대에 누워 숲샘의 글을 다시 한번 읽었다. 나도 비둘기 알을 지키는 데 일조했으니, 글 속에 나를 표현한 부분을 찾으며 읽었다. 읽을수록 마음이 따뜻해지는 것 같았다.

친구 J에게? 내 성이 '조'이니 나일 수도. 엄마 이름이 '재경'이니까 엄마에게 보낸 것일지도 모른다.

그때 문자 메시지 알람이 연달아 요란스럽게 울렸다.

몸은 좀 어때?
많이 안 좋니?
나, 유라.

유라다. 나는 벌떡 일어나 앉았다. 숨이 멎는 것 같았다. 웬일이야? 내 번호를 지우지 않았다. 나도 유라의 번호를 지우지 않았던 모양이다.

혹시 이 쪽지 편지 기억나니?

4년 전 내가 주었던 편지가 사진으로 올라왔다.
뭐지? 이게 무슨 상황이지? 불쾌감이 몰려와 얼굴이 화끈
거렸다. 태리 말에 의하면 쪽쪽 찢어서 쓰레기통에 버렸다고
했는데.

이 편지 찾느라 한참 걸렸네. 벌써 오래전 일이네.
그때 네가 준 편지, 너무 고마웠어. 너도 마음이 상했을 텐데, 이렇게
어른 같은 말로 나를 위로해 주었어.
그 이후에도 여러 번 읽어 보았어.

그때 학교에서 일부러 나를 피하는 것 같았어.
요즘 그때의 일이 그대로 반복되는 것 같아 좀 기분이 그랬어.
그때도 그랬거든. 네가 먼저 말 걸어 주기를 바랐는데.
서로 기다리다 시간을 놓친 건 아닐까 생각해 봤어.

뭐지? 얼떨떨했다. 유라는 내 대답 같은 건 필요 없다는 듯
장문의 문자를 연이어 보냈다.
나는 유라에게 아무 대답도 하지 않았다. 아니, 하지 못했

다. 편지를 갖고 있었다고? 분명 쪽쪽 찢어 흰 눈처럼 쓰레기
통에 뿌렸다고 했는데.

주말이 지나면 학교를 가지 않은 지 일주일이 된다.
한낮에 엄마가 들어왔다.
"이 시간에 어쩐 일?"
"사표 냈어."
툭, 한 개의 안전망이 터지는 소리가 내 안 깊숙이에서 울
리는 것 같았다.
"이거 아니면 살 길이 없겠나, 내가 사라지기야 하겠나, 그
런 생각이 들어서. 너무 겁먹지 않으려고. 너에 대해서도."
엄마가 이렇게 세게 나올 줄 몰랐다. 우리 집은 이제 먹고
살 수 있는 건가, 생존의 문제를 걱정해야 하는 것 아닌가 하
는 생각이 들었다.
엄마가 내게 말한 일주일이라는 시간이 지나고 있다. 솔직
히 좀 갈등하고 있다. 학교를 가야 하나, 말아야 하나. 학교를
가고 안 가고는 이제 중요한 문제가 아닐 수도 있겠다는 생각
이 들었다. 유라와의 일이 어디에서 잘못된 건지 알아보고 싶
은 마음이 굴뚝같았지만 누구에게도 묻지 않았다.

"얘네들은 언제 깨어날까요?"
내가 멍하니 비둘기 알을 보며 말했다.

"글쎄, 곧 나올 것 같아. 알을 깨고 나오는 건 온전히 얘네 스스로의 몫이야."

힘없고 여린 것들일 텐데 어떻게 알을 깨는 힘이 있는 걸까.

"오늘은 인서 너를 그려 볼래? 어떤 이미지가 제일 먼저 떠올라?"

나는 아트만지 위에 그림을 그렸다.

쥐다. 구덩이 속에 갇혀 세상을 내다보는 쥐. 쥐의 눈으로 구덩이에서 바라본 바깥세상을 그렸다. 동굴 속에서 바라본 하늘. 쥐 한 마리가 불안에 떨며 올려다보는데 하늘엔 뭉게구름이 봉싯봉싯, 그 아래는 푸른 바다가 펼쳐지고 사람들은 알록달록한 수영복에 튜브를 끼고 파도를 타기도 수영을 하기도 한다. 까치발을 한 생쥐의 뒷발에는 바깥세상에 대한 부러움과 동경이 발갛게 달아올랐다.

"그림 제목이 뭐야?"

숲샘이 물었다.

나는 한참 만에 그림 아래 이렇게 썼다.

'바깥은 준비됐어.'

언덕을 내려오며 유라에게 문자를 넣었다.

내일 보자.

김선영   J에게. 카페에 갔다가 우연치 않게 네가 그린 그림을 보았다. 구덩이 속에서 목을 길게 빼고 발발 떨리는 까치발로 바깥을 내다보는 생쥐 한 마리, 하늘보다 구덩이 속을 더 크게 그렸더구나. 네게 하늘은 여전히 작게 열려 있구나, 생각했다. 그림을 그리는 너의 떨리는 등이 떠올라 가슴이 아팠다. 그리고 고마웠다, 애써 주고 있어서. 기다릴게, 네가 바깥을 향해 풍덩 뛰어들 준비가 될 때까지. 바깥은 네가 부러워하는 만큼, 딱 그만큼 준비되어 있을 테니.

주먹 쥐고 일어서

김해원

여행을 떠나는 거야. 말했지? 나는 긴 여행을 하다가 여기까지 왔다고. 엄마는 이제 다시 여행을 떠나. 고향에도 가 봐야지. 너무 멀리 와서 거기까지 가려면 아주 오래 걸릴 거야. 나중에 그곳에서 엄마를 볼 수도 있어. 아주아주 나중에 말이야.

그날 한별은 엄마가 한 말을 그대로 전하려고 애썼다. 한 마디도 빼먹지 않으려고 했다. 한별은 자신의 말을 들으면서 울던 여자아이가, 기억 속에 있는 여자아이가 한솔인 줄 알았다.

●

"야, 진짜 저런 걸 하는 거야? 미친다. 저길 통과하라고? 유치하게 왜 저러냐. 영화제 시상식장도 아니고.”

창문 밖으로 머리를 빼고 아래를 내려다보던 준수 말에 반 애들이 우르르 창가로 몰려갔다. 준수는 빨리 와서 보라며 사물함 앞에 서 있는 한별의 팔을 잡아끌었다.

진입로에 레드카펫이 길게 깔려 있고, 카펫 양쪽에는 학생들이 한 줄로 도열해 있었다. 일정한 간격으로 떨어져 서 있는 학생들 사이사이에 시들기 시작한 국화 화분이 놓여 있었다. 영화제 시상식장이라 치면 얼굴을 알 만한 배우는 참석하지 않고 주최 측에서 동원한 사람들이 머릿수를 채우면서 명맥만 간신히 이어 가는 퇴락한 영화제라고 할까.

담임은 이걸 ‘장도식’이라고 했다. 2주 뒤에 수학능력시험을 보는, 큰 뜻을 품고 길을 떠나는 3학년들을 응원하는, 3학년의 마지막 학교 행사인 셈이었다. 초조하고 불안할, 자신들의 미래이기도 한 가여운 선배들이 나타나기만 하면 열렬히 손뼉 쳐 줄 각오가 되어 있는 후배들은 모두 꼿꼿하게 서 있었다. 몇몇은 수능 대박 따위를 적은 피켓을 들고 있었다.

“나는 장도식이 사람 이름인 줄 알았잖아. 코로나 전에는 1, 2학년 전체가 나왔다며? 그나마 학생회 임원들만 있어서 다행인 거 아니냐? 애들이 많으면 더 쪽팔릴 거 아냐. 근데 우린 수능도 안 보잖아. 수능 안 보는데 응원 받는 건 좀 웃기지 않냐?”

1차 수시에 합격한 준수는 말은 그렇게 하면서도 어제 패딩

까지 새로 사 입었다. 준수는 힐끔힐끔 창문 유리에 제 모습을 비춰 봤다. 한별은 피식 웃으면서 사물함에서 슬리퍼하고, 체육복을 챙겨 가방에 넣었다.

"빨리 가자. 옆 반 나가고 있어. 그다음 우리야."

준수는 패딩 지퍼를 목 아래까지 바짝 끌어 올렸다. 한별은 사물함에 흐트러져 있는 교과서를 한 권 한 권 꺼냈다.

"뭐야? 그건 왜 다 끄집어내."

"나, 내일부터 새 알바 하잖아. 졸업식 때나 오겠지. 정리해서 쓰레기장에 버리고 갈 테니까 먼저 가."

"그냥 놔둬. 내가 나올 때 버려 줄게."

준수는 말하면서 교실을 빠져나가는 애들을 힐끔거렸다. 한별은 준수의 등을 떠밀었다.

"가라. 곧 내려갈게."

한별은 사물함을 비우고는 창문 앞에 붙어 서서 레드카펫 위로 쏟아져 나온 3학년들을 내려다봤다. 형식적인 행사인 줄만 알았는데, 아니었다. 후배들의 열렬한 환호를 받으며 레드카펫에 선 3학년들은 바짝 긴장해서 하나같이 어깨가 한껏 솟아 있었다. 주머니에 넣은 손을 넣다 뺐다 어쩔 줄 몰라 하는 애들, 괜찮은 척 어색하게 사진을 찍고 찍어 주는 애들, 쭈뼛거리면서 눈을 자꾸 손으로 비벼 대는 애들. 모두 제 나름대로 3년의 대장정을 마치는 주인공 역할에 몰입했다. 준수도 안경을 추어올렸다 내렸다 하는 꼴이 우는 거 같았다. 준수는 반 아이들과 뭉쳐 사진을 찍으면서 교문을 빠져나갔다.

한별은 빈 교실에 오래 서 있었다. 장도에 나선 이들이 모두 퇴장하고, 환호했던 이들이 두런거리면서 건물 안으로 사라지고, 3학년 담임들이 깔깔 웃고 떠들면서 레드카펫을 말아 치우고, 국화꽃 화분을 제자리로 옮기는 것을 지켜봤다. 그렇게 끝이 났다.

학교는 떠난 이들을 바로 잊고 일상으로 돌아갔다. 한별은 1, 2학년 교실에서 수업하는 소리가 어쩐지 쓸쓸하게 느껴졌다. 쓰레기장에 마구잡이로 버려진 시간의 흔적들도 처연했다. 명문대 학생부 대공개, 미대 합격의 기술, 수학의 바이블, 한 번만 읽으면 확 잡히는 과학……. 쓰레기장에는 3년 동안 (대개는 더 오래 전부터) 키워 온 어떤 이의 간절한 꿈과 감출 수 없는 누군가의 강렬한 욕망이 뒤섞여 있었다.

"교과서를 왜 벌써 버려? 수능 안 봐?"

느닷없는 목소리에 한별은 뒤를 힐긋 돌아봤다. 고양이를 안은 여자아이가 한별 쪽으로 걸어왔다. 아는 얼굴이 아니었다. 그렇다고 모르는 사이에 할 말도 아니었다. 하긴 마스크를 쓰고 있으면 아는 사람도 못 알아보는 경우가 종종 있었다. 한별은 언젠가 같은 반이었든지, 어디서든 인사를 나눈 사이려니 싶어 고개를 끄덕이고는 물었다.

"누구야?"

"나 몰라?"

"누군데? 못 알아보겠어. 마스크 때문에."

"하긴 모를 수 있지. 나, 푸른하늘이야."

"뭐?"

"푸른하늘, 인디언 이름이잖아. 스스로일어선자, 주먹쥐고 일어서, 늑대와춤을. 인디언 이름 몰라?"

한별은 뜬금없이 끼어든 푸른하늘과 인디언을 기억 속에서 찾아보려고 애썼지만, 아는 인디언 연관 낱말은 인디언 밥 정도. 한별은 까만색 긴 패딩을 입고, 긴 머리에 앞머리로 이마를 가린 평범한 모습과 달리 인디언 이름을 갖고 있는 특별한 애를 유심히 봤다. 아는 애가 아니다.

"모르겠어. 우리 어디서 만났는데?"

"우리 아주 오래 전에 만났지. 진짜 기억나지 않는구나. 아무튼 나는 푸른하늘이야. 그렇다고 푸하라고 하지 마라. 놀리는 거잖아. 푸하."

여자아이가 큰 소리로 '푸하' 하는 순간 고양이가 꼬리를 바짝 세웠다. 여자아이, 아니 푸른하늘은 고양이를 쓰다듬고는 땅에 내려 줬다. 코끝에 까만 점이 있는 고양이는 푸른하늘 다리를 쓱 훑고는 사뿐사뿐 체육관 뒤쪽으로 걸어갔다. 거기에는 '나비' 동아리가 돌보는 길고양이들 집이 있다.

"고양이 새끼 봤지? 정말 하루가 다르게 큰다."

"아니."

"아직도 못 봤어? 이리 와 봐."

푸른하늘이 한별의 소매를 잡아끌었다. 한별은 잠시 망설였다. 자신은 기억하지 못하는 애를 뿌리쳐야 하나. 그러면 민망해하려나. 그렇다고 순순히 따라가는 건 우습지 않나. 한별의 머릿속은 복잡한데, 몸은 단순했다. 그냥 고양이 새끼 보자는 거잖아. 따라가면 어때. 한별의 발은 이미 푸른하늘 뒤를 따랐다.

고양이 새끼들은 방석을 깔아 놓은 종이 박스 안에서 서로 뒤엉켜 자고 있었다. 푸른하늘이 까만 줄무늬가 있는 고양이를 손가락으로 가리키면서 소곤댔다.

"얘는 제 어미를 졸졸 따라다녀. 분리불안이 심하지. 금빛 털이 많은 얘는 잠꾸러기. 정말 온종일 잠만 자. 까만 애가 성격이 제일 좋아. 아무한테나 잘 가."

푸른하늘이 얘기하는 동안 한별은 준수하고 반 애들이 보낸 문자를 확인했다. 피시방에 있으니 빨리 오라는 문자에 알겠다고 답했다. 그리고 9시 20분에 도착한 아빠 문자를 그제야 확인했다.

한솔이가 학교에 안 왔다고 연락 왔다. 한솔이가 전화를 안 받더라. 찾아봐라.

아빠는 아들이 한참 동안 문자를 확인하지 않는 걸 알면서도 재촉하지 않았다. 아빠는 대수롭지 않게 여길 것이다. 그

누구도 어쩌지 못하는 중2니까 결석하는 일쯤은 통과의례가 아니겠냐고 할지도 모른다. 아빠는 자식 일에 꽤 너그럽다. 한별은 그 너그러움이 무관심을 그럴듯하게 포장한 거라고 생각하곤 했다. 한별은 아빠처럼 별일 아니라는 듯이 알았다고 짧게 답했지만, 더럭 겁이 났다. 한솔이 지각하거나, 비대면 수업에 늦는 일은 있어도 무단결석은 처음이었다.

한별은 당장 동생한테 전화했는데, 받지 않았다. 여러 번 다시 해도 묵묵부답이었다. 한별은 어디냐고, 당장 전화 받으라고 거친 문자를 남기면서 동생이 오늘따라 일찍 일어난 게 생각났다. 한별이 집에서 나올 때 동생은 머리를 말리고 있었다. 다른 날 같으면 자고 있을 시간이었다.

"왜?"

푸른하늘이 바짝 다가와 한별의 손에 들린 휴대전화를 넘겨다봤다. 푸른하늘이 정말 아무렇지 않게 묻는 바람에 한별도 무심코 대답했다.

"동생이 학교에 안 갔대서."

"중2?"

"응."

"중2면 그럴 때지. 그런데 찾아야지. 자신의 부재를 별일 아니라고 생각하는 거 같으면 실망해. 이럴 때 동생의 존재감을 확실하게 보여 줘야지. 아주 큰일이 난 것처럼 찾아 줘야 해. 친구들하고 같이 간 건가? 동생 친구들 연락처 알아? 연락해 봐."

푸른하늘은 당장 휴대전화를 빼앗아 전화할 기세였다. 한별은 주춤 뒤로 물러섰다.

"그래야지. 고마워. 갈게."

한별은 고맙다는 말로, 분명하게 선을 긋고 돌아섰다. 그랬다고 생각했다. 한별이 본관 건물 옆 주차장을 통과해 빠르게 걸으면서 동생 친구들한테 문자를 보내는데, 푸른하늘의 목소리가 따라왔다.

"어디로 가려고? 동생 주로 어디서 놀아? 친구들하고 자주 가는 데가 있어?"

한별은 멈춰 서서 뒤를 돌아봤다. 푸른하늘이 주머니에 손을 넣고는 느릿느릿 걸어왔다.

"밖에 막 돌아다니는 애가 아니야. 짐작 가는 데가 있어. 고마워."

한별은 빠르게 말하고는 서둘러 걸었다. 처음 보는 애의 지나친 관심을 빨리 떼어 버리고 싶었다. 한별은 교문을 나오면서 히뜩 뒤를 돌아봤다. 코로나 때문에 졸업식을 비대면으로 하게 되면 오늘이 마지막 하교일 수 있었다. 한별은 다시 걸음을 재촉하며 이렇게 허둥지둥 끝내는 게 자신과 어울리는 엔딩이라고도 생각했다. 고등학교 입학하면서부터 계속 아르바이트를 하느라 바빴다. 아빠는 그냥 공부나 하라고 했지만, 한별은 확고했다. 자신의 꿈은 장밋빛 미래를 장담하는 참고

서나 참는 자에게 복이 온다고 설파하는 학원에 매달린다고 이뤄지는 게 아니었다. 그것들은 불확실성이 높으니까. 한별이 믿는 것은 통장에 찍히는 실체가 명확한 숫자다. 존재하지도 않는 신을 추앙하며 갈등을 일삼는 타락한 종교와는 차원이 달랐다. 한별은 자신이 믿는 숫자야말로 신성하다고 확신했다. 노동은 신성했다. 오늘도 한별은 오후에 친구 대신 편의점을 봐 주기로 했다. 한솔을 그전에 찾아야 할 텐데.

"몇 번 탈 거야?"

푸른하늘이 버스 정류장 전광판 앞에 붙어 서면서 물었다. 한별은 대답하지 않았다. 그럴 필요가 없으니까. 푸른하늘은 잠시 후 도착하는 버스 번호를 읊으면서 몇 번을 타야 하냐고 다시 물었다. 한별이 대답하지 않자 푸른하늘이 돌아서면서 말했다.

"여자 동생이잖아. 아무래도 내가 같이 다니면 도움이 될 거야."

"아니, 마음만으로도 고마워. 괜찮아."

"그런 말은 어디서 배웠어? 마음만으로도 고맙다는 말 웃기잖아. 마음이 뭐가 고마워. 마음이 보여? 정말 꼰대 같아. 마음은 행동으로 나타나야 보이는 거야. 나 시간 괜찮아. 몇 번 타?"

갑자기 꼰대가 되어 버린 한별이 남의 일에 한사코 따라나서겠다는 예측 불가의 MZ 세대를 깔끔하게 포기시킬 적당

한 말을 고르는 사이에 버스가 와 버렸다. 엉뚱한 일로 지체할 수 없는 한별은 푸른하늘과 함께 버스에 올라 나란히 앉고 말았다. 한별은 푸른하늘과 만난 지 40분도 채 되지 않았다는 것을 상기하면서 최대한 떨어져 앉으려고 몸을 통로 쪽으로 기울였다. 한별은 친구를 잘 사귀긴 했지만, 이렇게 급작스럽게 관계가 진전된 적은 한 번도 없었다. 특히 여자 친구들은 대개 같은 반이었거나, 같이 공부방에 다녔거나, 친구의 친구였다. 연애를 이렇게 시작하는 건가 싶기도 했지만, 그건 아닌 거 같았다. 하긴 지금 동생이 어디 있는지 모르는 판국에 연애라니. 한별이 문자를 보낸 한솔 친구들은 한솔의 행방을 모른다고 답했다.

한별은 퍼뜩 공부방이 떠올랐다. 내키지 않지만, 가야 했다.

"어디로 가는 거야?"

"공부방."

"무슨 공부방? 학원이야?"

"이주 아동 공부방이 있어. 성당에서 하는. 엄마나 아빠가 다른 나라 사람인 애들만 다니는 공부방. 동생이 요새 거기서 춤 연습한다고 했거든. 일주일에 두어 번은 가는 거 같았어."

"그런 데가 있구나. 너도 다녔어?"

"응. 중학교 1학년까지. 거기서 공부도 가르쳐 주고 그랬거든."

"근데 설마 학교 안 간 애가 공부방을 갔겠어? 아무리 춤 연

114

습이라고 해도, 더 재미있는 데를 가지. 나 같으면 절대로 안
가."

"동생은 거기 좋아해."

한솔은 공부방 교사들을 좋아했다. 한별도 그랬다. 자원봉
사를 하는 교사들은 젊고 의욕이 넘쳤다. 애들이 하고 싶은
거라면 어떻게든 해 주려고 애썼다. 한별은 방학 때면 아침에
한솔을 데리고 공부방에 가서 온종일 있었다.

중학교 1학년 여름 방학에도 그랬다. 하루는 한 아이가 배
가 아프다고 하자 자원봉사 교사들과 사무장이 사무실에 모
여 회의를 했다. 그들은 늘 회의를 했다. 아이들이 집에 가면
그날 있었던 일을 서로 얘기하고 기록했다. 한별은 어쩌다 사
무장의 말을 들었다. 배탈 난 거 같으니까 엄마한테 연락하면
된다고. 그 엄마도 그 정도는 할 수 있다고. 병원까지 데리고
다녀 버릇하면 습관 된다고. 우리 매뉴얼대로 해야 한다고. 그
날 배가 아팠던 아이는 필리핀에서 온 지 석 달밖에 되지 않
아서 한국말을 잘하지 못했다. 아이는 친구들이 괜찮으냐고
물으면 얼굴을 찌푸리고 짜증을 냈다. 아이는 자신을 데리러
온 엄마를 보자마자 울음을 터뜨렸다.

한별은 그날 이후로 공부방에 가지 않았다. 간혹 한솔을 데
려다줄 때도 공부방으로 들어가는 골목 입구까지만 갔다.

다세대 주택이 빽빽하게 들어선 골목 끝에 있는 공부방 건

물은 여전했다. 2층 건물 한쪽 벽을 가득 메우고 있는 벽화도 색만 조금 바랬을 뿐 그대로였다. 아이들이 고래를 타고 날아가는 벽화의 초안은 한별이 그렸다. 초등학교 6학년 때 한별은 이 그림을 그리고는 가장 친했던 교사한테 고래는 그냥 세상을 날아다니는 게 아니라 목적지가 있다고 말했다. 그곳에 가는 게 자신의 꿈이라는 말까지. 한별이 꿈을 말한 건 그때가 처음이자 마지막이었다.

한별은 건물 안으로 들어서면서 그 여름, 공부방에 발을 끊은 열네 살의 감정은 무엇이었는지 생각했다. 흐릿해진 그 감정을 이제는 떨쳐 낼 수 있지 않을까 싶었다……. 하지만 그렇게 되지 않았다.

한별을 보자마자 반가워하면서 와락 끌어안은 사무장한테 내내 거짓말을 했다. 어디 가는 길에 잠깐 들렀다고 했다. 사무장이 한솔이 공부방에 잘 안 오고, 약속도 안 지킨다면서 어떤 친구들하고 노느냐고 물었을 때는 한솔이 영수 학원에 다니기 시작해서 바쁘다고 하기까지 했다. 한별은 거짓말을 하면서 옆에 있는 푸른하늘이 신경 쓰였는데, 푸른하늘은 귀담아듣는 거 같지 않았다. 푸른하늘은 3층 학습실하고 음악실까지 올라가서 구경하고 내려와 사무장이 내놓은 음료수를 마시고는 태연하게 말했다.

"제가 여기 한번 와 보고 싶다고 했어요. 한별이 다녔던 데라고 해서. 다음에 또 놀러 올게요."

사무장은 헤어질 때 한별을 다시 끌어안으면서 언제나 너를 위해 기도한다고 말했다. 푸른하늘은 건물에서 나오면서 혼잣말처럼 중얼거렸다.

"저분 너무 친절해. 너무 친절한 건 불량식품 단맛 같더라. 한솔이도 불량식품 안 찾을 나이가 된 거지."

한별은 사무장한테 거짓말한 게 마음에 걸려 얼른 먼저 실토했다.

"거기 선생님들이 걱정할까 봐 한솔이 학원에 다닌다고 했어."

"알아. 어른들은 빌미만 있으면 바로 문제 있는 애로 몰아가니까. 공부방이라는 데가 애들 보호만 하는 게 아니라 관찰도 하는 거겠지. 보호관찰소인 거지. 여기만 그런 게 아니야. 세상이 애들한테는 다 그러잖아. 어른들은 애들이 고민이 있다고 해도 문제가 있다고 받아들여. 그리고 한시라도 빨리 문제를 해결하려고 하지."

한별은 푸른하늘 말을 들으면서 공부방에 다시는 가지 않겠다고 마음먹은 열네 살의 마음이 무엇이었는지 기억났다. 나는 진심이었는데, 진심으로 좋아했는데 그들은 아니었구나. 나는 매뉴얼에 있는 1번이거나, 2번이거나, 3번이겠구나.

"근데 요새 한솔이가 무슨 고민이 있었어?"

푸른하늘이 앞서 걷다가 멈춰 서서 물었다.

"고민?"

한별은 퍼뜩 얼마 전 한솔의 말이 떠올랐다. 오빠, 내가 다르게 생겼어? 내가 그렇게 달라? 그때 한별은 코가 높고, 눈썹이 진하고, 속눈썹이 아주 긴 엄마를 그대로 빼닮은 한솔을 빤히 보면서 되물었다. 왜? 뭐가 문제야? 한별도 어른들과 다르지 않게 반응했다. 한별은 후회했다. 세상 사람들은 다 다르게 생겼다고 해 줄걸. 따뜻하게 말해 줄걸.

한솔은 여전히 문자를 읽지 않았다. 한별은 한솔이 어디서 무슨 생각을 하고 있는지 도무지 알 수 없었다.

"한솔이 가장 친한 사람이 누구야?"

푸른하늘이 버스 정류장에서 멍하니 서 있는 한별의 팔을 툭 쳤다.

"가장 친한 사람? 한정기 씨."

"한정기 씨가 누구야?"

"할아버지."

"정말? 할아버지가 진짜 좋은 분인가 보다. 그러기 어렵잖아. 우리 할아버지는 대사가 정해져 있는데. 공부 잘해라. 엄마한테 잘해라. 잘 먹어라. 잘잘잘 시리즈야. 그런데 할아버지는 어디 사셔?"

"여기서 버스 타고 40분쯤 가면 돼."

"그래? 한솔이 거기 간 건 아닐까? 아니, 할아버지는 아실지도 모르잖아. 한솔이 요즘 어떤지. 단서를 찾을 수도 있어. 할아버지한테 전화해 봐."

"안 받으셔. 지금 일하시거든. 점심때 두부 식당에서 일하시는데, 일하실 때는 전화를 안 받으셔."

"그럼 가자! 가 보자. 40분밖에 안 걸린다면서."

"700번."

푸른하늘은 버스가 도심을 벗어나 2차선 도로를 달리기 시작하면서부터 차창에 얼굴을 바짝 갖다 대고 밖만 내다봤다. 차창 밖 풍경이라고 해 봤자 황량한 겨울 들판이었다. 논에는 볏짚을 둥글게 말아 흰 비닐로 싼 곤포 사일리지만 드문드문 놓여 있고, 배추밭에는 떼어 낸 겉잎만 너부러져 있었다.

한별은 이 길을 오가면서 자랐다. 한정기 씨는 아들이 떼어 놓고 간 손자와 손녀를 두말없이 거둬서 7년 동안 이 길을 달려 학교에 데려다주고, 데려왔다. 동네 사람들이 가까운 학교에 보내지 극성을 떤다고 할 때마다 한정기 씨는 버럭 화를 냈다. 이 동네에서 나고 자란 애들이 죄다 이 동네를 뜨는 게 소원이었는데, 어떻게 애들을 여기서 시작하게 하냐고. 자신도 철 들고 나서부터 더 큰 세상에 나가고 싶었다고 했다. 그렇지만, 한정기 씨는 지금껏 고향을 떠나지 못했다. 입버릇처럼 자신의 고향을 아무것도 볼 게 없는 데라고 하면서도 외지 사람을 만나면 동네에 미군 부대가 있어서 사람들이 들끓었던 시절 얘기를 시간 가는 줄 모르고 했다. 한정기 씨한테는 고향이 세계고 우주였다. 그 우주가 크지 않아서 한별은 버스 정류장에 내려서 몇 발짝 떼기도 전에 할아버지의 거취를 알 수 있었다. 한별과 마주친 동네 어른들은 이구동성으로 네 할아버지 일 끝내고 옥자 미용실에 갔다고 했다.

"어떻게 다 아셔. 동네가 작다고 이렇게 서로 다 알아?"

푸른하늘은 놀라워했지만, 사실 손바닥만 한 동네에서는 놀랄 만한 일이 아니었다. 진짜 놀랄 일은 따로 있었다. 옥자 미용실에서 옥자 씨와 나란히 앉아 수건을 개키고 있던 한정기 씨는 한별이 미용실에 들어서자 대뜸 말했다.

"왜? 한솔이 찾으러 왔어? 우리 한솔이 전화가 안 되지?"

버스에서 내내 괜찮으니까 문자라도 하라고 달래다가 계속 씹으면 정말 혼난다고 윽박지르는 문자를 보낸 사람으로서는 맥 빠지는 말이었다.

"한솔이 여기에 왔어요?"

"아니, 오늘 인천 월미도에 간다고 하더라. 이 동네에 한솔이 친구가 하나 있잖아. 소정이. 걔하고 간다더라. 걔가 생일이라나 뭐라나. 제 오빠가 난리 칠까 봐 전화 안 받는다고 하더라."

"할아버지, 걔 학교도 안 갔어요."

"요새 마스크 쓰고 학교 가서 뭘 그렇게 많이 배우겠어. 하루쯤 빠져도 되지."

한정기 씨 말에 옥자 씨가 맞는 말이라며 맞장구쳤다. 초등학교 동창인 둘은 언제나 죽이 잘 맞았다. 한정기 씨는 한솔

에게 무슨 일이 생긴 줄 알고 걱정했다는 손자 말은 들은 척
도 않고, 손자하고 같이 온 외지인에 관심을 가졌다. 한정기
씨는 외지인에게 얼른 자신의 자리를 내주고는 언제나와 똑
같은 얘기를 시작할 참이었다.

"우리 한별이하고 친구야? 여기는 처음인가?"

한별은 푸른하늘이 대답하기 전에 얼른 말을 채 갔다.

"근데 걔는 왜 월미도까지 갔대요? 거기가 얼마나 먼데."

"모르지. 하긴 언젠가 제 엄마하고 월미도 간 게 생각난다
고 하더라. 그래서 간 건가?"

"한솔이가 그래요? 엄마하고 거기 갔었다고요?"

"그러니까, 우리 한솔이가 그렇게 명석해. 그때 애기였을 텐
데, 그걸 기억한다니까. 걔가 한 번 가 본 길은 잊어버리질 않
아."

한별은 동생이 엄마를 까맣게 잊었다고 생각했다. 어렸으니
까 기억 못 하는 게 당연하다고 생각했다. 한솔이 엄마 얘기
를 한 번도 하지 않아서 그런 줄 알았다.

한정기 씨는 옥자 씨가 타 준 커피를 푸른하늘에게 건네면
서 말했다.

"얘네 엄마가 예멘 사람이야. 예멘 알지? 내 아들이 세계 일
주를 한다고 떠돌아다녔는데, 그때 만났어. 아들이 처음 데려
왔을 때 한눈에 마음에 들더라고. 예쁘기도 했지만, 인상이 그
렇게 좋아. 마음에 쏙 들었지. 뭐 내 마음에 드는 거야 대수가

아닌데, 우리 아들이 아미라 덕분에 마음잡고 살았지. 아미라 아니면 여태 떠돌아다녔을 거야. 아들 사주가 그래. 역마살이 꼈다고 하더라고."

"둘이 잘 어울렸어. 한별이 아빠도 인물이 빠지지 않지만, 아미라는 정말 예뻤어."

옥자 씨는 자기 미용실 손님 중에 가장 예뻤다면서 벽에 매달린 액자를 가리켰다. 그 액자에는 옥자 씨가 아주 잘나가던 시절, 밥 먹을 틈이 없어 미숫가루를 타 먹으면서 일하던 시절에 머리를 해 준 젊은 여자들의 사진이 빼곡하게 있었다. 푸른하늘은 슬그머니 일어나 액자 앞으로 가서는 금방 한별의 엄마를 짚어 냈다. 한별이 어려서부터 수도 없이 본 사진 속 엄마는 한별을 낳기 전 젊은 엄마다. 푸른하늘은 한참 동안 사진을 쳐다봤다. 한정기 씨도 액자를 물끄러미 바라보다가 한숨을 내쉬었다.

"내가 참 아미라를 좋아했지. 내가 말을 안 해서 그렇지 아미라가 자꾸 생각이 나. 요새는 가끔 아미라가 대문에 들어서면서 한정기 씨 나 왔어요, 하는 거 같아서 나도 모르게 밖을 내다본다니까."

"친구야, 너 늙어서 그래."

옥자 씨는 친구가 드라마를 보다가도 눈물을 줄줄 흘린다고 했다. 한정기 씨는 여성 호르몬이 많아져서 그렇다면서 두부 식당 사장도 잘 운다고 했다. 둘은 한참 동안 눈물이 많아진 친구들 얘기를 했고, 푸른하늘은 마스크까지 벗고 깔깔 웃어 댔다.

한별은 휴대전화를 들여다보면서 한솔에게 문자를 해야 하나 말아야 하나 망설였다. 한정기 씨가 손자의 무릎을 토닥였다.

"우리 한솔이가 다 컸더라. 저번에 와서 그래. 얼마 전에 반 애들이 너네 엄마 어느 나라 사람이냐고 물었는데, 자기가 대답을 못 했다고."

"왜요?"

푸른하늘이 눈을 동그랗게 뜨고 물었다.

"걔도 학교에서 난민 얘기를 배웠겠지. 안 배워도 하도 시끄러웠으니까 알겠지. 그래서 말을 못 했는데, 그게 마음에 걸렸겠지. 홍길동이 아버지를 아버지라고 못 한 거 같은 거잖아."

한정기 씨 말에 옥자 씨가 지랄도 풍년이라면서 목소리를 높였다.

"옛날에 우리가 가난할 때도 그러지 않았어. 먹고살기 힘들 때도 오갈 데 없는 사람 내치지 않았어. 사람들이 서로 돕고 사는 거지, 난민이네 뭐네, 막아야 하네 뭐네, 왜들 그러는지 몰라. 잘 먹고 잘사는 것들이 더 무서워."

한별은 한솔이 예멘 난민에 마음을 쓰는지 짐작도 못 했다. 그런 일은 안중에 없는 줄 알았다. 아빠처럼. 어릴 때 한별은 할아버지 집에 자식을 맡겨 놓고 한 달에 한 번 출석부에 도장 찍듯이 마지못해 오는 것 같은 아빠가 어쩌면 다른 여자와 결혼을 했을지도 모른다고 생각했다. 아무에게도 말하지 않았지만 오래 그렇게 생각했다. 아빠가 한별이 고등학교에 들어가자 학교 앞에 아파트를 샀다면서 같이 살겠다고 했을 때는 혹시 새엄마를 데려오는 건 아닌지 의심하기도 했다. 그도 그럴 것이 아빠는 한별과 한솔 짐을 새집으로 옮기면서 엄마 물건은 모두 할아버지 집에 두었으니까. 말로는 집이 비좁아서 되도록 짐을 줄여야 한다고 했지만, 사실 엄마 물건은 상자 하나면 충분했다. 물론 아빠는 새엄마를 데려오지도 않았고, 지금도 누굴 만나는 것 같지는 않았다. 그래도 아빠는 셋이 같이 살면서 한 번도 엄마 얘기를 하지 않았다. 예멘 난민 문제로 온 나라가 시끄러울 때도 아빠는 일언반구도 없었다. 뉴스를 보다가 한별이 지나가는 말로 엄마 친척들은 괜찮을까, 했을 때도 아빠는 무표정한 얼굴로 텔레비전 화면을 볼 뿐이었다.

한별은 푸른하늘과 다시 700번을 타고 돌아오면서 한솔이 집에 오면 무슨 말을 해야 하나 생각했다. 새삼스럽게 마주 앉아 엄마 얘기를 하기는 어색했다. 사실 한별도 엄마와 함께 지낸 기억들이 차츰 희미해지고 있었다. 엄마와 월미도에 갔던 기억도 그때 찍은 사진 몇 장으로만 남아 있다.

푸른하늘은 내내 휴대전화를 들여다보다가 고개를 번쩍 들었다.

"우리도 월미도에 가자."

"뭐?"

"전철 타면 두 시간 반이면 가네. 우리도 가자. 가서 한솔이 만나면 좋고, 못 만나면 우리도 그냥 놀다 오는 거지."

"너 집에 안 가냐?"

"늦게 가도 돼. 가자."

"나 알바 가야 해. 친구 대신 편의점 알바 해 주기로 했거든."

"수능이 코앞인데 무슨 알바야, 진짜 수능 안 봐?"

"안 봐."

"왜?"

"세계 일주를 할 거야. 코로나가 끝나면 바로 떠날 거야. 엄마 고향도 가 봐야지. 물론 그 나라가 조용해지면."

"대박!"

푸른하늘이 엄지손가락을 치켜세우고는 말했다.

"그러니까 월미도 가자. 수능도 안 보면, 사실 오늘로 학교는 끝이잖아. 이런 날 알바 하는 건 너무 삭막하지. 학교 마치는 기념으로 월미도 가자."

한별은 이제 푸른하늘이 막무가내로 끼어드는 게 무덤덤했다. 그리고 월미도에 가서 사진으로만 남아 있는 추억을 눈으로 확인하고 싶긴 했다. 한별은 친구한테 일이 생겨서 편의점에 못 간다고 문자를 보냈다. 푸른하늘은 이제부터 자기만 따

라오면 된다면서 한별의 어깨를 토닥거렸다. 한별은 고맙다
는 말이 입속에서 맴돌았는데, 말하지 못했다. 대신 전철역 편
의점에서 먹고 싶은 걸 고르라고 했다. 푸른하늘은 껌을 하나
고르면서 히죽거렸다.

"너 진짜 옛날 사람 같아. 기차 타서 달걀 까 먹고 그러지?"

"아니거든."

푸른하늘은 인천으로 가는 전철을 타서도 한별이 꼰대 같
다고 낄낄대면서 웹툰을 보기 시작했다. 한별은 푸른하늘을
힐끔대다가 물었다.

"그런데 네 진짜 이름이 뭐야? 푸른하늘은 닉네임인 거지?"

"진짜 이름? 진짜 가짜가 어딨어. 푸른하늘도 내 진짜 이름
이야."

"그래, 그렇다고 치자. 그럼 너 몇 반이야?"

"나, 7반."

"7반이면 옆 반인데, 어떻게 한 번도 못 봤지? 너 세현이 알
지? 나 걔하고 친하거든. 가끔 세현이 보러 너희 반에 가기도
했는데."

"세현이? 모르지. 나 2학년 7반. 너네 옆 반은 아니야."

"뭐?"

한별은 어처구니가 없어 말이 나오지 않았다. 한별은 푸른
하늘이 처음부터 대놓고 반말을 해서 당연히 3학년인 줄 알았
다. 자기처럼 레드카펫 위를 지나가는 게 싫어서 빠져나온 줄

알았다. 2학년이라면, 한별이 쓰레기장에 갔을 때 수업을 하고 있어야 했다.

"너 수업은? 수업 빠지고 돌아다닌 거야?"

"응. 장도식에서 피켓 들어 주고 교실로 안 들어갔어. 그리고 바로 너 따라온 거잖아."

"기가 막힌다, 진짜. 내가 지금 수업 땡땡이친 철없는 애하고 학교 안 간 철없는 애를 찾으러 다닌 거냐? 그럼 너 가방은 어쨌어. 설마 교실에 가방 두고 그냥 온 거야? 담임한테 말은 했어? 너, 집은 어디야?"

"와, 말 잘하네. 한솔이한테 이렇게 잔소리를 하는구나. 그러니까 한솔이 말도 않고 월미도 갔지. 전화 받아 봐야 이렇게 잔소리를 할 텐데, 받겠어? 그냥 갔다 와서 한꺼번에 욕먹는 게 낫지."

"됐고. 그냥 돌아가자. 너는 집에 가. 아니 학원에 가야 하는 거 아냐?"

"뭐래?"

푸른하늘은 웹툰에서 눈을 떼지 않은 채 주머니에서 이어폰을 꺼내더니 귀에 꽂았다. 한별은 더 말하지 못했다. 전철 안에 사람들이 점점 늘었고, 서울을 벗어나면서부터는 서 있는 사람과 앉아 있는 사람의 무릎이 닿을 만큼 비좁아졌다. 한별은 제멋대로인 이 애를 어쩌면 좋나, 정말 애를 데리고 월미도까지 가는 게 맞나, 선배가 돼서 후배의 일탈을 그냥 보고만 있어도 되나 생각을 하다가 잠이 들었다.

한별이 유리창에 뒷머리를 쿵 박으면서 잠에서 깨었을 때 전철 안은 텅 비어 있었다. 사람들이 모두 한 번에 쓸려 나간 것 같았다. 건너편 차창 밖으로 보이는 하늘에 노을이 번지고 있었다. 푸른하늘은 웹툰을 보면서 말했다.

"10분쯤 더 가면 돼."

"응."

"한솔이한테 문자는 해 놔. 월미도라고. 오빠가 찾으러 여기까지 왔다는 건 알려야지."

한별은 푸른하늘이 하라는 대로 순순히 문자를 보냈다. 그리고 몸을 돌려 차창에 이마를 갖다 대고 밖을 내다봤다. 이런 적이 있었다. 어린 한솔이 뒤돌아 앉아서 이마를 차가운 유리에 대고 밖을 내다봤다.

"우리 식구, 자주 월미도에 왔어. 엄마가 좋아했거든. 아빠하고 올 때는 아빠 차를 타고 왔는데, 언젠가 엄마하고 한솔이하고 전철을 타고 온 적이 있었어."

한별이 말에 푸른하늘이 고개를 돌려 한별을 봤다.

"그 기억은 있구나."

"뭐?"

"나도 왔었거든."

"너도?"

"응, 나도. 엄마하고 엄마 친구네하고 같이 왔어. 전철 타고.

엄마 친구는 애가 둘이었는데, 같은 또래였어. 셋은 이렇게 사람들이 없을 때 손잡이에 매달리고 그랬어. 아미 이모가 나를 번쩍 들어 준 게 기억나. 이모가 키가 컸던 거 같아. 엄마 친구를 나는 아미 이모라고 했어. 우리는 같은 단지에 살았어. 엄마하고 아미 이모는 회사에서 만나 친해졌지. 둘은 정말 친했어. 서로 애들을 봐 줬어. 3교대 하는 회사였는데, 우리 엄마가 야간 조일 때 나는 아미 이모 집에서 잤어. 우리 엄마 이혼하고 혼자 나를 키웠거든. 엄마는 밤에 출근하면서 나를 아미 이모 집에 데려다줬지. 나는 아미 이모 집 가는 게 정말 좋았어."

한별이 놀란 눈으로 푸른하늘을 빤히 봤다. 푸른하늘은 건너편 차창을 보면서 말을 이어 갔다.

"나는 아미 이모가 정말 좋았어. 아미 이모는 늘 웃었어. 그리고 재미있는 얘기도 많이 해 줬어. 대개 이모가 가 본 나라 얘기였어. 나는 잠자기 전에 이모가 불을 끄고 들려준 얘기들이 아직도 기억나. 아미 이모가 인디언들이 어떻게 이름을 짓는지 말해 주고 우리한테 인디언 이름을 지어 줬어. 나는 푸른하늘이었고, 나보다 한 살 많은 남자애는 '주먹쥐고일어서'였어. 남자애는 제 동생한테는 '늑대와춤을' 하라고 했지. 동생은 늑대는 싫다고 울면서 이름을 바꿨어. '토끼와춤을'이라고. 걔가 정말 토끼를 좋아했거든. 머리핀이고 가방이고 다 토끼였잖아. 기억나?"

푸른하늘이 한별을 돌아봤다. 한별은 중얼거렸다. 잊고 있었어. 순한 불빛이 가득했던 밤, 내복만 입은 아이 셋이 엉겨 붙어서 놀던 그런 밤이 있었다. 아이 셋이 나란히 누워 엄마 얘기를 들으면서 까르르 웃어 대던 그런 밤이 있었다. 불을 끄고 나서도 잠이 오지 않아 셋이 숨죽이고 마루로 기어 나가면 고양이 세 마리가 나왔다면서 웃는 엄마가 있던 따뜻한 밤이 있었다.

"너, 지우구나. 윤지우."

"그래, 푸하 윤지우. 푸른하늘이라고 하자마자 푸하라고 놀렸잖아. 나는 학교에서 보자마자 딱 알아봤는데…….."

"내가 눈에 띄는 얼굴이긴 하지."

"그래, 나는 바로 알아보고 반가워서 인사했더니 못 알아보더라. 하긴 어릴 때부터 멍청했어. 멍청 똥 멍청."

한별은 '멍청 똥 멍청'이라고 소리치던 목소리가 또렷하게 기억났다. 전철역으로 세 정거장을 지나는 사이 한별은 타임머신을 타고 과거로 돌아갔다 온 기분이었다. 전철은 종착역을 향해서 천천히 움직이는데, 한솔이 친구하고 짜장면 먹고 있다고 문자를 보냈다. 한별은 문자를 지우한테 보여 줬다.

"우리 한솔, 정말 제대로 노는구나. 월미도 가면 짜장면은 먹어 줘야지. 우리도 짜장면 먹으러 가자."

"근데, 너 어려서는 나한테 오빠라고 하지 않았냐?"

"웃기시네. 아니거든. 오빠는 무슨, 주먹이라고 했으면 몰라도, 주먹쥐고일어서! 앞으로 가자."

지우는 주먹 쥔 손을 번쩍 들어 보이고는 벌떡 일어나서 성큼성큼 앞 칸으로 걸어갔다. 한별은 지우의 뒷모습을 보면서 그날 밤을 떠올렸다. 그날 밤, 지우가 있었다.

그날 밤, 야간 조였던 엄마는 통근 버스를 기다리다가 인도로 뛰어든 차에 치었다. 엄마 앞에 서 있던 사람과 뒤에 서 있던 사람은 중상을 입었는데, 엄마는 그 자리에서 숨졌다. 연락을 받은 아빠는 놀란 두 남매를 두고 집에서 뛰어나가고, 바로 지우가 제 엄마와 함께 집에 왔다. 한별은 지우에게 말했다.

"사실은 아빠가 나가고 바로 엄마가 왔었어. 엄마가 말했어. 여행을 가는 거라고. 엄마는 오래 여행을 간다고 했어. 고향에도 간다고 했어. 나중에 엄마를 만나게 될 거라고 했어. 진짜야. 엄마가 왔었어."

한별은 울지 않는데, 얘기를 듣는 지우는 눈물을 뚝뚝 흘리면서 울었다. 지우는 한별의 손을 잡고 말했다.

"나는 오빠 말을 믿어."

그날 밤, 지우는 분명히 그렇게 말했다. 한별은 지우를 따라가면서 소리쳤다.

"너, 오빠라고 했어. 진짜 그랬다니까."

김해원 몰입하는 동안에는 그곳에 있고, 그곳에 있는 이들과 손끝이 닿은 것처럼 느껴진다. 하지만 뒤돌아서 감정이 묽어지면 내가 뱉어 낸 말이 부끄러워진다. 말과 기호 따위에는 갇히지 않는 팔팔한 삶이 세상 곳곳에 있기를, 분명 그러하리라 믿으면 그나마 낫다.

옥상 정원

이희영

떨리는 손으로 둥근 손잡이를 돌려 보았다. 역시 열리지 않았다. 문은 굳게 잠겨 있었다.

이곳이 아니면 안 되는데. Y가 초조한 표정으로 손톱 끝을 잘근거렸다. 어떻게 하면 이 문을 열 수 있을까. 고작 이 철문 하나에 가로막히다니.

Y의 삶은 늘 이런 식이었다. 마지막 단 한 발을 뗄 수 없었다. 하지만 더는 아니다.

이 옥상 너머에 하늘이 있다. 자유도 있다.

'너는 왜 매번 그 모양이니. 네 형 반만이라도……'

지긋지긋한 말과도 영원히 작별할 수 있다. 우선 이 문을 열 방법부터 생각해야 했다. Y가 뒤돌아 계단을 내려갔다.

여기는 상담실이라 쓰고 취조실이라 읽는 곳이다. 이 삭막한 곳에 나는 무려 30분 가까이 앉아 있었다. 보이지 않는 바늘이 사정없이 엉덩이를 찔러 댔다.

"내놔."

이 말의 주인공은 따로 있는데.

"어디다 숨겼어?"

나야말로 묻고 싶다. 어디다 숨겼는지 찾기만 하면 진짜…….

"그사이 누구한테 넘긴 거야?"

내 말이 그 말이다. 어떤 인간이 가져갔는지, 당장에 허리를 접어 버릴 테다.

"말 안 해?"

담임이 소리쳤다. 나는 어깨를 들썩이며 한숨을 내쉬었다.

"잃어버렸어요."

"뭐?"

안 들려요? 잃어버렸다고요! 금방이라도 튀어나오려는 한마디를 어금니로 짓씹었다.

"좋은 말로 할 때 빨리 내놔."

"나쁜 말로 해도 어쩔 수 없어요. 진짜 잃어버렸으니까."

"너 내가 지금 장난하는 것으로 보이냐?"

쌤이야말로 제가 장난하는 것으로 보여요? 소리 없는 말들
이 한숨과 함께 쏟아져 나왔다.

"정말이에요. 잃어버렸다고요."

담임이 볼펜으로 톡톡 책상을 두드렸다. 그 소리가 적잖이
신경을 건드렸다.

"왜 올라갔어? 담배 피러?"

"아니요."

"그럼 왜 갔어?"

갈 곳 잃은 시선이 책상 위로 떨어졌다.

"그냥 바람 쐬러……."

"좋네, 바람 쐬고 담배도 피고, 바닥에 침도 뱉고, 만만한 선
생들 욕도 하고."

바람을 쐰 건 사실이다. 이왕 간 김에 선생님 욕도 했다. 예
를 들어 내 앞에 계신 어떤 분? 물론 담배도 핀 적 있다. 얻어
피웠고, 맹세코 딱 한 번이었다. 솔직히 두 번인가? 아니 세
번이었나? 젠장, 지금 횟수가 중요한 게 아니잖아.

그곳의 문을 연 목적은 따로 있었다. 하지만 말해도 믿지
않을 테니 그만두기로 하자.

"담배는 아녜요."

귓가에 풋 소리가 들려왔다. 누가 들어도 명백한 비웃음이
었다.

"너 거기 올라가는 거 본 애들이 한두 명이 아니야."

그러니까. 그 한두 명 중에 나를 꼰지른 새끼가 있다? 담배 피고 바닥에 침 좀 뱉고 선생님들 욕을 차지게 한 놈들이 괜스레 엉뚱한 나까지 걸고넘어졌다?

또다시 톡톡거리며 볼펜이 튀어 올랐다. 저 소리 진짜 신경 쓰인다.

"거기 왜 잠가 놨는지 알아? 원래는 학년, 반별로 정원 만들어서 가꾸던 곳이야. 그런데 하도 애들이 올라가서 담배 피우고……."

"쌤, 그 이유 때문이 아니잖아요."

순간 담임의 눈썹이 움찔거렸다. 원래 학교라는 곳이 그렇다. 진실보다는 괴담이 더 빨리 퍼지는 곳. 그런데 과연 그 사건이 단순한 괴담일까? 진짜 있었던 일이잖아.

"저 건곤중 나왔어요."

건곤중은 도로 건너편에 있다. 그 사건 정도는 익히 들어 알고 있단 뜻이다. 소문이란 본디 바람 같아서 붙잡을 수도, 막을 수도, 이렇듯 꽉 막힌 곳에 가둬 둘 수도 없다.

"그러니까 내놔."

얘기가 또 이렇게 되나? 당장 주리를 틀어도 어쩔 수 없다. 진짜 잃어버렸으니까.

"정말이에요. 잃어버렸어요."

"……."

"누가 가져갔는지도 모르고요."

138

그까짓 게 뭐라고, 누가 알면 학교의 기밀 문서라도 빼돌린 줄 알겠다. 교장 쌤 머리가 가발인가 아닌가? 3반에 김모 군이 과학 쌤 아들인가 아닌가? 체육 쌤과 미술 쌤이 사귀는가, 아닌가? 그따위 기밀이라면 찹쌀꽈배기에 묻은 설탕 한 톨 만큼도 관심 없다.

담임이 사자에게 먹이를 뺏긴 하이에나처럼 노려보았다.

"어머님 몇 시에 퇴근하시니?"

"쌤!"

차라리 주리를 트시죠? 엉덩이를 골프공이다 생각하고, 풀 스윙을 하셔도 됩니다.

"저희 엄마 정말 바쁘세요. 눈코 뜰 새 없이 바빠서서 아주 늦게, 아니 새벽에 오세요."

"괜찮아. 나도 요즘 새벽까지 깨어 있으니까. 우리 반 어떤 녀석 덕분에 불면증이 도졌거든."

담임이 싱긋 웃었다. 나는 빠득 어금니를 사리물었다. 어떤 자식이 물귀신처럼 나를 물고 늘어졌는지 잡히기만 해 봐라. 뼈까지 오독오독 다 씹어 먹어 줄 테니까.

"그럼 지금이라도 내놔."

"아, 씨. 진짜 없다고요. 잃어버렸어요."

그리고 누가 훔쳐갔는지 그 자식도 가루를 만들어 줄 테다.

"알았어. 가 봐."

아무리 결백을 주장해도 결국 헬게이트는 열리고 말았다.

그러니 어쩌겠는가. 뚜벅뚜벅 그 안으로 걸어 들어갈 수밖에.
나는 몸을 일으키고는 문을 향해 돌아섰다.

"쌤, 그런데요."

담임이 피곤에 지친 눈으로 나를 보았다.

"잠가 놓는 게 중요한 게 아니라…… 왜 뛰어내렸는지가 더
중요하잖아요."

2년 전 누군가 학교 옥상에서 뛰어내렸다. 그 소식은 맞은
편 중학교에서 시작, 도시 전체로 퍼져 나갔다. 그런데 아직도
그 이유를 알지 못한다. 병원 퇴원 후, 바로 전학을 갔으니까.

"왜 하필 학교였을까요?"

4층이었다. 바닥은 푹신한 화단이었다. 이런 말 이상하지
만, 죽기에는 다소 애매한 장소였다. 그럼에도 이곳을 택한 것
은, 학교에 무슨 할 말이 있단 뜻 아닐까.

"인마 너 지금 무슨 소리를……."

"가 보겠습니다."

나는 꾸벅 고개를 숙인 후, 상담실을 빠져나왔다. 그러게 말
이다. 괜히 쓸데없는 소리만 지껄이고 말았다.

"너지?"

탁 책상을 내리치자, 멍한 얼굴이 고개를 들었다.

"그날 수학책 사이에 끼워 놨거든."

그리고 그 책을 빌려 간 녀석이 바로 눈앞에 있었다.

140

"아니라고. 책 속에 없었어. 정말이라니까."

4개월 전이었다. 마이튜브를 보는데 영상 하나가 떴다. '만능 열쇠 만들기 곧 삭제됩니다.' 한마디에 재빨리 클릭했다. 머리핀과 가는 철사만 있으면 된다 했다. 안방 화장대를 뒤지고, 베란다 공구함을 열었다. 그것이 시작이었다. 백 퍼센트 호기심. 그런데 다 만들고 나니 정말 다용도실 문이 열렸다. 거기서 멈춰야 했다. 괜스레 학교까지 가지고 오는 게 아니었다. 몇몇 녀석들이 따라 만들었지만, 어느 것 하나 열리지 않았다. 유일하게 내가 만든 것만 작동됐다.

'아무나 만드는 게 아니다, 이것들아.'

아이들에게 몇 번 빌려 주기도 했다. 그 용도가 무엇인지는 빤히 알고 있으니까. 잠가 놓은 학교 옥상 문 열기. 그런데 만능 열쇠가 흔적 없이 사라져 버렸다.

"웃기지 마. 그럼 갑자기 그게 어디로 가. 네가 나까지 걸고 넘어졌잖아?"

흥분해 소리치자 녀석이 벌떡 몸을 일으켰다. 드르륵 의자가 뒤로 밀리며 몇몇이 흘낏거렸다. 어디 한번 거하게 붙어 봐라, 권태에 찌든 눈빛들이 사방에서 번뜩였다.

"야, 쌔비려면 진즉에 했지. 그동안 매번 너한테 빌렸겠냐?"

녀석이 가볍게 툭 어깨를 쳤다.

"거기다 이 형님은 안 걸렸어. 걸리지도 않았는데 내가 왜 네 이름을 말해."

같은 중학교 출신이었다. 가끔 이것저것 빌리러 오는데, 나도 몇 번인가 체육복을 빌렸다. 열쇠는 며칠 전 수학책 사이에 끼워 놓은 것이 마지막 기억이었다. 그 뒤로 감쪽같이 사라져 버렸다.

"그날 옥상에서 걸린 애들 누구야?"

녀석이 한쪽 입꼬리를 말아 올렸다.

"제법 되지 아마."

"그러니까 몇 반에 누구……."

말이 채 끝나기도 전에 손가락이 콕콕 바닥을 찍었다.

"왜 1학년들만 걸렸다고 생각해."

열일곱 열여덟 열아홉, 고작해야 한 살 차이지만 세렝게티를 방불케 하는 남고에서 1년이란, 최상위 포식자인 사자와 저 아래 친칠라만큼의 갭이 존재하는 시간이었다.

가장 낮은 1학년이 꼭대기 층, 그 뒤가 2학년, 벌써부터 몸이 노쇠하여 계단을 싫어하는 3학년이 1층에서 생활했다. 녀석이 콕콕 바닥을 찍은 건, 그 아래에 누가 있는지 기억하라는 뜻이었다. 잘못 들쑤셨다가는, 친칠라처럼 네발로 기어 다니게 된다는 경고다.

"그러니까 담배를 피웠으면 뒤처리를 잘했어야지."

"자기도 피운 주제에."

"안 피웠다고 새끼야. 그리고 너, 몸에 모기약 뿌렸냐?"

녀석이 킁킁 제 몸의 냄새를 맡았다.

"멍청한 자식, 향수 냄새도 모르냐?"

"미친, 완전 싸구려 모기약 냄……."

나는 말을 멈추고 미간을 찌푸렸다. 순간 어렴풋한 냄새가 머릿속 희미한 기억을 건드렸다.

"혹시 향수 뿌리는 애 또 있냐?"

향수? 되묻는 표정으로 녀석이 두 눈을 끔뻑였다.

"몇 명 되지 않을까?"

여러 정황으로 보아 저 녀석은 아닌 게 확실했다. 하긴 걸리지도 않았는데 내 이름을 말할 리 없을 것이요, 만약 훔치려 했다면 진즉에 가져갔겠지. 은근한 미소를 뒤로한 채 나는 교실을 빠져나왔다.

"그래 맞아, 향수……. 그나저나 엄마한테 정말 전화할까?"

나는 현행범이 아니다. 명백한 증거도 발견되지 않았다. 물론 나만 죽을 수 없다, 하고 외친 몇몇 물귀신들의 증언은 있었겠지만.

"진짜 어떤 인간이 가져간 건지 잡히기만 해 봐라."

흘끗 바라본 곳에 옥상으로 향하는 계단이 있었다. 나도 모르게 쩝, 입맛을 다셨다. 모래를 씹은 듯 입안이 퍼석거렸다. 이럴 줄 알았으면 괜히 떠벌리고 다니지 말 것을 그랬다.

"아 씨, 짜증나 진짜."

수업을 알리는 예비종이 울렸다. 나는 교실을 향해 터벅터벅 걸어갔다.

Y는 몇 날 며칠 아이 주변을 맴돌았다. '나도 좀 빌려줄래?'
한마디는 차마 내뱉지 못했다. '네가 이게 왜 필요한데?' 묻는다
면 할 말이 없었다. 막상 빌린다 해도 문제였다. 그 아이에게 괜
한 화살이 날아갈 수 있으니까.

고민은 엉뚱한 곳에서 해결되었다. 정말 우연찮게 그것을 손
에 넣은 것이다. 하늘도 내 계획을 응원한다는 뜻일까? 그 생각
이 들자 Y의 가슴에 생긴 구멍이 조금 더 커진 기분이었다. 그
사이로 뿌연 먼지 바람이 지나갔다. 세상에는 해도 안 되는 인간
이 있다. 그에 반해 뭐든지 해내는 인간도 있다. Y의 경우, 문제
는 그 둘이 한배에서 태어나 한곳에서 성장했다는 것이다. 신은
정말 고약했다. '너는 왜 맨날 그 모양이니?' 엄마는 Y에게 입버
릇처럼 말했다. 아버지는 Y를 쳐다볼 때마다 미간에 늘 선명한
주름을 만들었다. '쯧' 소리도 빼먹지 않았다.

죽을 만큼 노력했는데 결과는 처참했다. 이제 방법은 딱 한
가지밖에 없었다. Y가 사라져도 이 집에 아파할 사람은 없었다.
아니 오히려 사라지는 것이 이 집의 평화를 위해 좋은 일이다.
부모님에게는 더 완벽한 아들이 있으니까.

"너 진짜 담배 피웠어? 엄마 눈 똑바로 보고 말해. 아닌데 담임선생님이 전화까지 해? 그리고 그 열쇤가 뭔가 어디다 숨 겼어. 네가 애들한테 쫙 돌렸다면서. 애들이 덩달아 옥상 올라 가서 담배 피우고……. 아니긴 뭐가 아니야. 너 정말 이런 식 으로 할래? 당신은 가만있어. 이게 그냥 허허 웃고 넘어갈 문 제야, 지금? 고등학교 올라가서는 달라지는 게 있어야지. 어 쨌든 그거 빨리 내놔. 없기는 뭐가 없어. 뭐, 잃어버려? 너 끝 까지 거짓말만……. 하여간 이 녀석 네가 하는 짓이 맨날 이 모양이지. 너 이리 안 와? 제 이름값도 못 하는 녀석이. 한바 름 너 어디 가?"

설마 싶었다. 그러나 불안이 현실이 되는 데는 그리 오랜 시간이 필요치 않았다. 진짜 전화를 하다니, 담임을 떠올리자 온몸의 피가 머리로 몰렸다. 부디 잠의 요정과 영원히 작별하 시기를…….

정신없이 울리던 전화도, 톡도 문자도 잠잠해졌다. 지금쯤 엄마도 지쳤을 것이다. 또 모를 일이다. 짜증의 불똥이 엉뚱한 사람에게 튀었을지. 아빠를 생각하니 괜히 미안했다.

나는 너털너털 발길이 닿는 대로 무작정 걸었다.

"아우 씨. 누가 그 이름으로 지으라고 했나?"

내 것이지만, 내 의견은 참새 눈물만큼도 들어가 있지 않은 것이 그 잘난 이름이다. 바른 세상을 만들라는 의미에서 지었 다나? 내 삶도 엉망인데 젠장 무슨 세상씩이나.

발밑에 굴러다니는 알루미늄 캔을 걷어찼다. 저만치 날아간 캔이 이리저리 차이는 내 모습과 닮았다. 막상 나왔는데 갈 곳이 없다. 더 정확히는 돈이 없다. 이럴 줄 알았으면 지갑이라도 가지고 나올 것을……. 핸드폰을 만지작거리는데 벨이 울렸다. 흠칫 놀라 화면을 보니, 다행히 엄마는 아니었다. 그렇다고 반가운 연락도 아니었다. 야무지게 씹어 버릴까 하다 화면을 그었다.

"우리 엄친아. 간만에 한 건 했다. 응?"

성호였다. 더럽게 짜증나는 자식.

"너 학원 있을 시간 아니야? 웬일이냐?"

"학원이 아니라 화실. 빨리 끝났는데 집에 오기 무섭게 엄친아 소식이 기다리고 있네."

귓가에 키득거리는 소리가 들려왔다.

"끊어."

"너 어디냐? 집 아니지, 밖이야?"

"됐어."

"뒤늦게 사춘기냐? 왜 집은 나오고 그래. 너 혹시 우냐? 우리 엄친아 울어요?"

"너 한 번만 더 엄친아라 하면 죽는다 했지?"

"너 엄친아 맞잖아. 엄마 친구 아들, 아니야?"

역시 전화를 받는 게 아니었다. 만날 화실에 박혀 있는 자식이 갑자기 연락을 했다는 건, 안 봐도 빤한 일이다.

"너희 엄마 그새 너한테 얘기했냐?"

"나 우리 엄마한테 들은 거 아닌데."

오토바이가 굉음을 내며 지나갔다. 그 소리가 짜증을 증폭시켰다.

"강우한테 연락 왔어."

오늘따라 썩 반갑지 않은 이름들이 연거푸 튀어나온다.

"강우가 네 덕분에 살았대. 얼마 전에 본 시험이 영 아닌가봐. 야, 그 자식은 맨날 무슨 시험을 그리 보냐? 우리 엄친아, 또 이렇게 제 몸을 던져 불쌍한 중생 한 명 구제한 것인가?"

"시끄러, 꺼져."

"까칠하시기는. 그런데 너 진짜 담배 피우냐? 애들한테 열쇠를 돌렸다는 건 뭔 소리야? 무슨 열쇠인데 학교를 다 뒤집어 놨다고 해?"

소문은 변신 로봇과도 같아서 자동차가 공룡으로 변하고, 오토바이가 전투기가 되곤 했다. 그나저나 학교가 무슨 모래시계야? 뭘 툭하면 뒤집어 놔.

"한바름, 옥상에서 담배도 피우고. 야, 진짜 바른 생활 사나이 엄친아답다."

"한 마디만 더 해라. 네 콧구멍에 붓을 꽂아 버릴 테니까."

기분 나쁜 웃음은 끊이질 않았다. 가만, 미술 붓 중에 가장 굵은 게 몇 호였더라?

"다음 주 바름이 네 생일 아니냐? 우리 한번 모여야지. 강우도 네 생일 얘기하던데. 파란하늘반 5세 친구들. 이 형님이 너를 위해 고깔모자를 준비해 가마. 참 그리고 너희 학교에 십 대의 속도인가 속력인가 뭐 어쨌든 그 책 쓴 작가 온다며. 강우가 사인 받아 달래. 그 자식 친하게 지내는 선배 있잖아. 동생이 너희 학교 다닌다고…….”

“작가 안 오거든? 와도 안 받아 줄 거야. 끊어, 이 미친놈아.”

전화를 끊어 버렸다. 아니 처음부터 받지 말았어야 했다.

“파란하늘반 같은 소리 한다.”

노을마저 사라진 하늘은 까만 먹물로 물들어 있었다. 그래, 적어도 그 시절에는 하늘이 마냥 파랄 줄 알았다. 누가 몇 살이냐 물으면 오른손을 쫙 펴던, 다섯 살 꼬꼬마 때는 말이다.

12년 전 꿈나무 유치원에는 세 명의 남자아이가 있었다. 모두 외동이었고, 엄마들 나이도 비슷했다. 형제가 없는 탓에 세 꼬마는 곧잘 어울려 놀았다.

‘강아지는 멍멍.’

노래 부르던 파란하늘반 아이들은, 입만 열면 개뼈리리 욕하는 십 대가 되었다. 더불어 유치원부터 초중학교까지 함께 아들을 보낸 어머니들은 영혼은 물론 집안의 시시콜콜한 대소사까지 공유하는 진정한 소울 메이트가 되었다.

‘물 분자들은 서로를 잡아당기면서 단단한 결속력을 가지고 있어. 이때 물을 가열시키면 분자들 사이의 인력만으로 더 이상 결속 상태를 유지할 수 없거든. 드디어 분자들이 속박 상태에서 풀려나는 거지. 이게 바로 물이 수증기가 되는 원리 야.'

냄비에 물을 끓이던 한 녀석은 이렇게 말했고 결국 과학고에 입학했다.

'어? 그거 괜찮은데? 물 분자들을 요정이라고 생각해 봐. 어느 날 불 마왕이 쳐들어오는 거야. 결국 요정들은 보금자리를 잃고 다 뿔뿔이 흩어지는 거지. 이때 히어로는 뭐로 할까? 계란? 아니면 대파?'

끓는 라면을 보며 연습장에 낙서를 하던 어떤 자식은 예고에 진학했으며,

"미친 새끼들아. 조용히 하고 라면이나 처먹어."

소리치던 나머지 한 놈은? '너 또 사고 쳤어? 네가 하는 짓이 만날 그렇지.' 엄마에게 주구장창 잔소리만 듣는, 그저 그런 열일곱이 되었다.

"강우가 알고 있는 것 보면 얘기 끝났네."

안 봐도 빤했다. 엄마가 소울 메이트들에게 얼마나 상세히 보고했는지. 공부도 못해, 잘하는 것도 없어, 매일같이 사고만 치는 친구 아들에 비한다면 우리 강우는, 우리 성호는 얼마나 신통하고 착하며 똑똑한 아들이란 말인가? 두 엄마들이 가슴을 쓸어내리는 소리가 여기까지 들려온다. 덕분에 나는 녀석들 사이에서 엄친아로 통했다. 맨날 문제를 일으키는 엄마 친

구 아들.

'야, 엄마 친구 아들은 말이지?' 이 말과 '어머, 세상에 어쩌니? 엄마 친구 아들이 글쎄?' 이 뉘앙스의 차이는 천국과 지옥만큼 크다. 강우의 수학 성적이 떨어져도, 성호가 화실을 땡땡이쳐도, 설마 바름이 엄마만큼 속상하겠는가 말이다. 이렇듯 주위 사람들에게 안도와 행복을 주는 나란 놈이야말로 진짜 이름값 제대로 하는 거다.

배에서 꼬르륵 소리가 들려왔다. 내 삶에 정확하고 계획적인 건, 역시 위밖에 없는 모양이다. 멍하니 길에 핀 들꽃을 바라보다 집을 향해 돌아섰다. 지금쯤 웬만한 짜증은 아빠에게 모두 풀어 냈을 테니, 그냥 잔소리를 반찬 삼아, 꾸중을 후식 삼아 저녁이나 먹어야겠다.

"나, 사물함 모서리에 긁혔어."

"어디."

"여기 팔목."

"아팠겠다. 보건실 가지."

"뭐 이정도로 보건실까지 가냐?"

3학년, 4학년일까? 두 꼬마들이 곁을 스치며 재잘거렸다. 제 몸피보다 큰 가방을 보니, 어쩐지 안쓰럽게 느껴졌다.

"너나 잘해라, 한바름."

그 순간, 하나의 영상이 눈앞에 나타났다 빠르게 사라졌다. 나는 고개를 돌려 멀어지는 까만 뒤통수들을 바라보았다. 뭐지? 갑자기 밀려드는 이 기분 나쁜 기시감은.

"어떤 자식이 가져갔는지 잡히기만 해 봐."

걸음걸음에 짜증을 찍어 내며 나는 집으로 향했다.

●

커터 칼이 지나간 자리에 피가 맺혔다. 손목의 싸한 통증이
어지러운 머릿속을 잠재웠다. 언제 옥상으로 갈까? Y가 달력에
표시된 작은 동그라미를 보았다. 그날은 Y의 생일이었다. 하지
만 아무도 신경 쓰지 않을 것이다. 형 생일이라면 모를까……. Y
가 자조 섞인 미소를 내비치고는 동그라미 옆에 크게 적어 넣었
다. D-DAY.

스스로에게 주는 마지막 생일선물이 제법 마음에 들었다.

●

몇몇 녀석을 용의선상에 올렸다. 그러나 모두 헛수고였다.
담배 냄새를 감추기 위해 향수를 뿌린다. 그럴싸한 위장술이
었다. 킁킁거리며 친칠라들의 냄새를 맡았지만, '뭐야, 징그
럽게.' 변태 취급만 당했다. 더불어 아이들의 손목도 확인했
다. '야, 취향은 존중하는데, 형님은 너 관심 없다.' 그 결과 성
적 지향을 의심받게 되었다. 열쇠가 반에서 없어진 건 확실했

다. 그렇다고 범인이 꼭 교실에 있는 건 아니었다. 종이 울리기 무섭게 다른 반 녀석들도 몰려드니까. 모든 아이들을 쿵쿵거릴 수도, 손목을 일일이 확인 할 수도 없었다. 진짜. 어떤 놈인지 잡히기만 하면…….

"인마, 한바름. 안 들려?"

나는 걸음을 멈추고 뒤를 돌아보았다. 귓가에 짜증나는 파리 소리가 들린 것 같은데, 담임의 고함이었구나? 어쩐지 모른 척하고 싶더라니.

"몇 번을 불렀는데 대답이 없어. 무슨 생각을 그렇게 골똘히 해?"

누구 덕분에 오늘은 엄마에게 또 어떤 잔소리를 들어야 하나 그 고민 했습니다……는 차마 내뱉지 못했다.

"바름이 너, 오늘 학원 안 가는 날이지? 일주일에 세 번만 간다며. 그럼 지금 도서관 가서, 사서 쌤 좀 도와 드려."

비싼 학원비를 모아 졸업 후 사업 자금이나 보태 달라고 했다가, 엄마에게 언제나처럼 등짝만 맞았다. 뭐 학원 다닌다고 성적이 오르는 것도 아닌데. 그래도 어쩌겠는가? 학원이라도 보내야 엄마의 마음이 놓인다면 따르는 수밖에. 하지만 내 등짝이 엄마 손에 닿아 없어져도 일주일 내내 학원을 가야 한다니. 견딜 수 없었다. 결국 타협을 본 것이 3일이었다. 그나저나 학원 안 가는 날과 도서관에 가는 게 무슨 관계가 있을까? 대한민국 고딩들은 학원 안 가면 모두 다 한가한 사람으로 보이냐? 이게 무슨 말도 안 되는 논리야?

"쌤, 저 오늘……."

"내일 도서관에서 도서부, 문예부 연합해서 작가와의 만남 해. 그런데 이 녀석들이 학원 핑계 대면서 다 도망갔대. 우리 반 유하랑 몇 명은 남아 있을 거야. 너라도 좀 거들어라."

아무래도 강우 말이 맞지 싶다. 희한한 자식, 어떻게 나보다 우리 학교 일을 더 잘 알지? 선배 동생이 우리 학교 다닌다고 했나?

"아니, 쌤 저 오늘……."

"인마, 너 그 사건 내가 조용히 덮었어."

두 번만 조용히 덮었다가는, 피켓 들고 엄마 회사까지 찾아 가겠다.

"한바름, 우리 봉사 점수 좀 챙기자. 어서 가 봐."

담임이 툭툭 어깨를 다독이고는 복도를 걸어 나갔다.

"쌤 저 오늘…… 진짜 X됐네요."

제발 사람 말은 끝까지 들었으면 좋겠다. 하긴 주위에 그런 어른들이 몇이나 되려고. 누가 한국 사람 아니랄까 봐 뭐든지 다 급하다. 어떻게든 빨리 결과를 보여 줘야 한다.

"다른 점수는 가망 없으니 봉사 점수라도 챙기라는 뜻이 군."

일찍 가 봤자, 엄마 눈치에 게임도 못 할 테니까. 차라리 학교에 있는 게 낫겠지. 나는 주머니에 손을 찔러 넣고 도서관으로 향했다.

담임의 말은 틀렸다. 우리 반 몇몇마저 이런저런 핑계로 다 도망가 버렸다. 도서관에는 사서 선생님과 유하밖에 없었다. 생각할수록 짜증난다. 아니, 자기들 행사에 왜 엉뚱한 내가 일해야 하는데. 물론 그 덕에 봉사 점수는 챙기겠지만.

"어, 그래. 한바름 기억난다. 너 그때 책 빌려 갔다가 커피 쏟았다고 새 책으로 사 왔지?"

덕분에 엄마 18번인 '네가 하는 짓이 그렇지.'를 들어야 했다. 내 참, 뭘 그런 것까지 기억하십니까? 싶은 표정으로 나는 입술을 비죽였다.

"저기 쌤?"

향수 뭐 쓰세요? 물어봤자 괜한 오해나 사겠지. 향이 강해서 머리까지 지끈거렸다. 아니라면 도둑 친칠라 한 마리 때문에 내 코가 민감해졌나?

"왜?"

나는 아니라는 듯 고개를 내저었다.

"어쨌든 고마워. 우선 내일 애들 나눠 줄 간식 주머니 만들고, 강연에 맞게 책상도 배열해야 해. 플래카드도 걸고, 아이들에게 사전에 받은 질문 쪽지도 보드에 붙이고……."

선생님의 입에서는 해야 할 일들이 끊임없이 쏟아져 나왔다. 그 첫 번째로 간식 주머니 만들기부터 시작했다.

"너는 뭐야? 도서, 문예?"

154

내가 물었다. 유하가 웃으며 도서부라 대답했다. 공부도 잘하는 녀석이, 책이라면 지겹지 않은가? 하긴 안 질리니까 공부도 잘하는 거겠지만.

"너는 학원 안 가?"

다시 물었다.

"오늘은 이것 때문에."

그러고 보니 유하랑 단둘이 말해 본 기억이 없다. 중학교도 달랐고 워낙 전교에서 노는 녀석이라 나와는 딱히 엮일 일이 없다. 유하가 공부 좀 한다고 목에 힘을 주느냐 하면 전혀 아니다. 반 아이들 누구와도 잘 어울리니까. 오늘만 해도 얼마든지 도망갈 수 있는데 이렇게 남지 않았는가. 진짜 공부하는 녀석들은, 놀 거 다 놀면서 성적도 좋다. 강우 그 얄미운 자식처럼.

그 순간 지잉지잉 소리가 울렸다. 사서 선생님이 휴대폰을 꺼내들었다.

"예, 택배는 집 앞에…… 아! 그럼 죄송하지만 경비실에 부탁드릴게요."

선생님이 전화를 끊고 옅은 한숨을 내쉬었다.

"왜요?"

딱히 궁금한 건 아니었다. 가내 수공업을 하듯 세 사람이 쪼르르 앉아 봉투에 과자를 담는 게 어색하고 지루해 물어봤을 뿐이다.

"택배를 시켰는데 오늘 아파트 엘리베이터 정기점검 하는 날이래."

"쌤 몇 층인데요?"

"나 8층."

"저는 15층에 사는데, 지난번에 엘리베이터 고장 나서 걸어 올라가다 죽는 줄 알았어요."

"운동 제대로 했겠네. 유하는 몇 층 살아?"

선생님이 물었다. 이 상황이 어색한 건 나 혼자만이 아닌 모양이었다.

"저는 3층이요."

"와, 씨! 3층이면 딱 좋네. 걸어 다니기도 편하고."

바스락바스락 소리와 함께 유하가 대답했다.

"아니, 너무 낮아."

"야, 고층이라고 좋은 줄 아냐? 별거 없어."

"얘들아 미안, 나 교장 선생님한테 내일 행사 의논 드릴 게 있거든. 간식 포장은 대충 마무리 짓고, 내가 강연 참가하는 애들 이름 포스트잇에 써 놨어. 그거 저 책에 하나씩 붙여 놓을래?"

"책에는 왜요?"

내가 물었다. 선생님이 빙긋이 미소 지었다.

"사인회. 미리 이름 붙여 놓으면 일일이 안 물어봐도 되니까 빨리 끝날 거 아니야."

이 말을 끝으로 선생님이 도서관을 빠져나갔다. 정말 어이가 없어서, 아니 뺀질이들이 사인을 받는 것까지 내가 일일이 신경 써야 해.

유하가 뒤돌아 책으로 다가섰다. 나도 따라 터덜터덜 걸음을 옮겼다.

"『십 대의 속도』? 소설인가?"

"청소년 에세이. 요즘 가장 유명한 책이잖아."

나는 물끄러미 책을 내려다보았다.

"그래서 사인 받아 달라고 했구나? 책 읽을 시간은 또 언제 있었대."

"누가?"

유하가 물었다. 나는 피식 웃었다.

"내 친구. 우리 학교 애는 아니고. 명성과학고 다니는 애."

소위 천재들만 다닌다는, 수학 여행 가서도 함수니 그래프 문제로 게임을 한다는, 그 미친 학교 말이다. 그 순간, 책으로 향하던 유하의 손이 허공에 멈췄다. 나는 삐딱한 시선으로 녀석을 보았다.

"왜, 나 같은 놈한테 과고 다니는 친구 있다니까 웃기냐?"

"아…… 아니 그런 게 아니라……."

말까지 더듬는 것을 보니, 확실히 본심을 들킨 모양이다.

"그 학교에 내 친구 있다니까 못 믿겠지? 그런데 부랄 친구거든. 야, 과고 다니는 놈만 있는 줄 알아? 예고에 다니는 애도……."

"아니, 명성에 우리 형 다녀서."

유하의 목소리가 가늘게 떨렸다. 아, 그래서구나? 설마 강우가 말했던 그 선배 동생이…….

"형이 있었어? 몇 살."

"연년생이야. 고2."

"야, 그럼 너도 거기 가지."

순간 아차 싶었다. 창백하게 굳은 유하를 보니, 확실히 느낄수 있었다. 야, 한바름. 너 지금 완전, 확실하게, 백 퍼센트, 퍼팩트하게 실수한 거야. 나는 난처함을 숨기려 서둘러 이야기를 쏟아 냈다.

"그 자식들 유치원 때 만났어. 푸른하늘반 5세 친구들. 그애들 사이에서 내 별명이 뭔 줄 아냐? 엄친아. 엄마 친구 아들은 맞는데, 맨날 문제 일으키는 엄친아. 어머, 얘들아 어쩌니, 엄마 친구 아들 또 사고 쳤대."

과장된 코맹맹이 소리에 유하가 풋 웃었다

"그 자식들이 내 덕을 톡톡히 보지. 세상에는 이런 종류의 엄친아도 있거든. 진짜 엄친아 앞에 두고 내가 별 얘기 다 한다. 그치?"

유하야말로 엄친아의 전형이다. 공부 잘하고 성격 좋으며 외모까지 훈훈했다. 비주얼만 보자면 나도 빠지지 않는다. 그러나 모든 아이들은 알고 있다. 엄친아의 가장 절대적인 기준

이 무엇인지.

"아니야. 나는……."

유하가 아랫입술을 짓씹었다. 어떻게 말을 하면 할수록 분위기가 가라앉을까? 이러니 내가 한심한 엄마 친구 아들이라는 소리를 듣지.

"그런 게 뭐가 중요하겠냐. 다 유치한 말장난……."

나는 말을 멈추고 유하를 바라보았다.

"너 혹시 향수 뿌리냐?"

선생님이랑 있을 때는 눈치 못 챘다. 강한 향이 웬만한 냄새를 다 집어삼켰으니까. 그런데 어렴풋이 느껴지는 이 냄새는 분명…….

"향수 안 뿌리는데?"

유하가 제 몸 냄새를 맡고는 히죽 웃었다.

"이거 섬유유연제야. 좀 세지. 우리 형이 좋아하는 향이거든."

나는 부르르 체머리를 흔들었다. 아니, 아닐 것이다. 다른 누구도 아닌, 이 녀석이 왜?

"한 가지 물어봐도 돼?"

유하가 내 눈치를 살피며 입을 열었다. 글쎄? 전교에서 노는 브레인이 나에게 물어볼 게 뭐가 있을까?

"뭐?"

"거기 왜 올라갔어? 열쇠는 어떻게 만든 거야?"

아, 그거? 문제아들이 일으킨 사고 따위 부러진 샤프심만큼
도 관심 없을 줄 알았는데. 하긴 담임이 워낙 시끄럽게 떠들
어 댔어야 말이지.

"마이튜브에 만드는 법이 나왔어. 심심한 김에 따라 했는데
정말 되더라."

처음은 다용도실이었다. 그 속에 아버지가 아끼는 양주와
담금주가 있으니까.

"갑자기 학교 옥상으로 가는 계단이 보였어. 혹시나 싶어서
시험해 봤는데……."

"이번에도 열렸다?"

대답 대신 고개를 끄덕였다.

"뭐, 요즘 다 도어록이잖아. 크게 쓸모없어."

"너 정말 담배 때문에……."

"아니야. 나 담배 안 피워."

호기심에 몇 번 얻어 피웠다는 얘기는 할 필요 없겠지. 그
런데 왜? 묻는 눈빛으로 유하가 나를 보았다. 정작 그 이유는
나도 잘 모르겠다. 내가 왜 자꾸 옥상에 올라갔는지.

"그냥 거기 텃밭 보러."

학교 옥상에는 각 반별로 텃밭을 만들어 놓았다. 옥상 정원
이 문을 닫은 건 누군가 그곳에서 뛰어내렸기 때문이다. 텃밭
의 작물들은 빠르게 죽어 가고 대신…….

"잡초?"

나는 한 번 더 고개를 끄덕였다.

"잡초랑 들꽃들. 어디서 날아왔는지 텃밭에 뿌리를 내렸더라고. 돌보는 사람 없어도 참 잘 자라네, 싶었어."

이 높은 옥상까지 용케도 날아왔구나. 그렇게 각자 꽃도 피우고, 단단하게 뿌리도 내렸구나. 그동안 폭풍도 지나가고, 가뭄도 겪었을 텐데……. 문득 내버려 둘수록 잘 자라는 것이 잡초란 생각이 들었다.

"내가 말했잖아. 과고 예고 다니는 놈들이랑 같이 크다 보니 자꾸 비교가 돼."

엄마도 어쩔 수 없을 것이다. 누구는 공부를 잘하는데, 남다른 재능이 있다는데, 잘하는 것도 하고 싶은 것도 없는 아들이 얼마나 답답할까? 더욱이 맨날 사고만 치지 않는가. 입만 열면 '네가 하는 짓이 그렇지.' 소리가 나올 법도 하다.

"그런데 말이야. 인생 누가 알아. 마지막까지 가 봐야지. 처음에 그 텃밭이 잡초밭이 될 거라 상상이나 했겠냐?"

유하의 까만 눈동자가 여리게 흔들렸다.

"잡초는 사람들 눈에나 잡초지. 풀들 사이에서는 얼마나 강한 놈이야. 야! 그런 녀석들이 방울토마토니, 상추니 그런 애들을 부러워하겠냐고?"

그 높은 곳까지 제 힘으로 날아와, 혼자서 뿌리를 내리고 폭풍과 가뭄까지도 모두 이겨낸 녀석들을 보면 어쩐지 힘이 났다.

"솔직히 과고 예고 다니는 애들 부러워한 건 우리 엄마지 내가 아니야. 어차피 내 인생이잖아. 엄마가 대신 살아 줄 것도 아니고. 그런 의미에서 나는 그 자식들 조금도 안 부럽다. 백세 시대라며, 고작 열일곱인데 앞으로 어떻게 될 줄 누가 알아? 아무도 몰라. 내 미래에 뭐가 기다리고 있을지. 아직 뚜껑 열리기 전이거든."

나도 내 인생을 모르는데 남이 어떻게 알고 왈가왈부를 할까.

"멋지네."

유하의 입가에 힘없는 미소가 지나갔다. 어쩐지 머쓱한 기분이 들어 괜스레 소리쳤다.

"야, 됐고! 빨리 일어나 하자."

포스트잇을 집으려다 끄트머리에 놓인 책을 건드렸다. 탁소리와 함께 바닥에 떨어진 책을 유하가 주워 들었다. 그 순간 흐릿한 환영 하나가 머릿속을 빠르게 스쳐 지나갔다. 나는 한 번 더 녀석의 얼굴을 말끄러미 바라보았다.

"한바름? 너 아까부터 왜 그래? 내가 뭐 실수했어?"

만약 상대가 정유하가 아니라면, 다른 녀석들처럼 스스럼없이 물어봤을까?

"아니야."

나는 말없이 책에 포스트잇을 붙였다. 코끝으로 강한 섬유 유연제 향이 느껴졌다.

도서관 책상을 배열하고, 플래카드를 달고, 사인 받을 책을 정리하고, 마이크를 테스트 하는 동안에도 내 시선은 줄곧 한 곳에 닿았다. 교복 소매에 가려진 유독 가늘고 하얀 팔목.

"고생 많았어. 조심해서 돌아가고 내일 보자."

선생님에게 꾸벅 인사를 한 후, 둘이 나란히 도서관을 빠져 나왔다.

"도서부도 아닌데 수고했다. 나는 뒷문으로 가야 해서 먼저 갈게."

유하가 몸을 돌려 복도를 걸어갔다. 까만 뒷모습이 멀어질수록 이상하게 초조한 기분이 들었다.

"정유하."

우뚝 멈춰 선 두 다리가 천천히 돌아섰다.

"내일 작가 강연회 나도 들을 수 있을까? 친구가 꼭 사인 받아 달라고 해서."

"글쎄? 도서부랑 문예부 특강이라."

"너 도서부잖아. 네가 사서 쌤한테 말 좀 잘해 줘. 내일 해 줄 거지?"

"그럼 아까 쌤한테 미리……."

"정유하, 네가 해 줘. 내일 해 주기다. 꼭 약속했어."

대체 뭐지? 저 녀석 저렇게 보내면 안 될 것 같은 이 불안감의 정체는 뭐냐고?

"야, 그거 있잖아. 사실 대부분 안 열려."

갑자기 이 말이 왜 튀어나왔는지 알 수 없었다. 그러니 유하가 이상한 눈빛으로 나를 보는 것도 무리는 아니다.

"괜히 허세 부린 거야. 만능 아니야."

복도에 시린 바람 한 줄기가 지나갔다. 열 걸음, 어쩌면 더 먼 곳에 유하가 있었다. 녀석은 아무 말도 하지 않았다. 감정을 읽을 수 없는 눈빛으로 잠시 나와 마주했다. 그러고는 싱긋이 웃으며 뒤돌아 복도를 걸어갔다. 이내 시야에서 완전히 사라져 버렸다.

주머니에 손을 넣어 보았다. 사라진 열쇠가 잡힐 리 없었다.

'됐어. 너를 뭘 믿고 빌려 주냐? 야, 이거 만능이야. 치사하면 네가 직접 만들어.'

여느 때처럼 아이들과 시시덕거렸다. 열쇠를 수학책 속에 숨겨 놓고는 까맣게 잊어버렸다. 누군가 지나가며 책상을 건드렸고, 미안하다며 떨어진 책을 주워들었다.

그 순간 날카로운 것에 긁힌 손목 상처가 눈에 들어왔다. 수학책이 책상에 놓이고, 새하얀 교복 소매가 서둘러 교실을 빠져나갔다. 실수로 긁혔다기에는 상처가 제법 깊었다. 코끝으로 진한 향기가 느껴졌다.

'아 씨 다음 담임 시간인데, 야, 니들 숙제했냐?'

짜증 섞인 목소리가 멍한 정신을 깨웠다. 눈앞에 아른거리던 상처와 향기가 빠르게 증발돼 버렸다. 수학책 속에 넣어 놨던 열쇠와 함께.

도서관에서 보았던 유하의 손목 상처가, 흐릿한 기억을 불러들였다.

"에이, 아닐 거야. 걔가 그딴 거 가져가서 뭐 하려고."

불길함을 털어 내려 부러 큰 소리로 중얼거렸다. 그래, 상대는 정유하. 전교에서 노는 브레인. 공부 잘하는 모범생. 일탈과 사고와는 전혀 상관없는 부모님의 자랑, 진짜 엄친아.

"됐다. 그냥 긁혔겠지. 나도 집에나 가자."

도서관에서 봉사 활동을 했다 하면 엄마가 믿어 줄까? '너 또 무슨 사고 쳐서 학교에 늦게까지 남아 있었어. 네가 하는 짓이 그렇지.' 벌써부터 서라운드 입체 음향으로 들려온다.

"그래, 누가 누굴 걱정하냐. 한바름, 이름값 진짜 못 한다."

내일 유하를 보면, 먼저 아는 척을 해야겠다. 그냥 그러고 싶으니까. 전혀 다른 의미라 해도 엄친아는 엄친아를 알아보는 법. 나는 깍지 낀 두 손을 머리에 얹고 터벅터벅 복도를 걸었다.

Y가 다시 아파트 옥상 문 앞에 섰다. '너는 왜 늘 이 모양이니? 네 형 반만이라도……' 생각만으로도 숨이 막혔다. 땅속 깊이 숨어들고 싶었다. 꽃가루처럼 허공에 흩어지길 원했다. 삶에 아

무런 미련이 없었다. 하지만…….

누군가의 말처럼 고작 열일곱이다. 뚜껑조차 열지 않은 인생. 발아되기 전의 씨앗이다. Y가 꽉 움켜쥔 주먹을 펼쳐 보았다. 손바닥에 철사와 머리핀으로 만든 열쇠가 있었다. 조악해 보여도 웬만한 문은 다 열린다 했다. 아이들 사이에서 만능 열쇠로 불렸다. 이것만 있으면 아파트 옥상 문도 열 수 있을까? 잠시 망설이던 Y는 끝끝내 열쇠를 구멍 속에 밀어 넣지 못했다.

'꼭. 내일 해 주기다.'

Y는 한 번쯤 보고 싶었다. 잡초로 가득한 그곳을, 그 높은 곳까지 날아와 뿌리내린 것들을 두 눈으로 보고 싶었다. 그리고 내일은 잊어서는 안 될 중요한 일도 생겼다. Y가 뒤돌아 터벅터벅 계단을 내려갔다.

"한바름. 이름값 제대로 하는 녀석이네."

어디선가 진한 풀 내음이 느껴졌다.

이희영   이 세상 모든 꽃은 일시에 피지 않습니다. 모든 과실수가 한 계절에만 열매 맺지 않죠. 자연은 자신의 시간을 기다립니다. 인간도 그 일부라는 사실을 잊지 마세요. 부디 저마다의 개화 시기와 수확의 때를 기대하시길……. 조급함을 조금만 내려놓으면 좋겠습니다. 씨앗은 이제 막 발아했습니다. 그 작은 우주 안에 담긴 무한한 가능성을 찬찬히 살피시길 바랍니다.

바깥은 준비됐어

2022년 7월 26일 1판 1쇄

지은이 이재문 정은 김선영 김해원 이희영

편집 김태희 장슬기 윤설희 디자인 김효진

제작 박홍기 마케팅 이병규 양현범 이장열 홍보 조민희 강효원

인쇄 천일문화사 제책 J&D바인텍

펴낸이 강맑실

펴낸곳 (주)사계절출판사 등록 제406-2003-034호

주소 (우)10881 경기도 파주시 회동길 252

전화 031)955-8588, 8558 전송 마케팅부 031)955-8595 편집부 031)955-8596

홈페이지 www.sakyejul.net 전자우편 literature@sakyejul.com

블로그 blog.naver.com/skjmail 페이스북 facebook.com/sakyejul

트위터 twitter.com/sakyejul 인스타그램 instagram.com/sakyejul

ⓒ 이재문·정은·김선영·김해원·이희영 2022

값은 뒤표지에 적혀 있습니다. 잘못 만든 책은 구입하신 서점에서 바꾸어 드립니다.

사계절출판사는 성장의 의미를 생각합니다.

사계절출판사는 독자 여러분의 의견에 늘 귀 기울이고 있습니다.

이 책은 저작권법에 따라 보호받는 저작물이므로 무단전재와 복제를 금합니다.

ISBN 979-11-6094-958-2 44810

ISBN 978-89-5828-473-4 (세트)